몽상가의 법칙

LA LOI DU RÊVEUR
by Daniel Pennac

Copyright © Éditions Gallimard, Paris, 2020
Korean Translation Copyright © Munhakdongne Publishing Corp., 2025

All rights reserved.
This Korean edition is published by arrangement with
Éditions Gallimard through Sibylle Agency, Seoul.

이 책의 한국어판 저작권은 시빌 에이전시를 통해
갈리마르출판사와 독점 계약한 문학동네에 있습니다.
저작권법에 의해 한국 내에서 보호를 받는 저작물이므로
무단 전재 및 무단 복제를 금합니다.

몽상가의 법칙

다니엘 페낙Daniel Pennac 장편소설
백선희 옮김

LA LOI DU RÊVEUR

문학동네

일러두기

1. 주석은 모두 옮긴이주다.
2. 본문 중 고딕체는 원서에서 이탤리체나 대문자로 강조한 부분이다.
3. 장편소설과 기타 단행본은 『 』, 시와 단편 등은 「 」, 영화와 잡지, 곡 등은 〈 〉로 구분했다.

샤를로트, 뱅상, 안나, 그리고 뢸에게

J.-B. 퐁탈리스를 추모하며

차례

Ⅰ. 홍수 · 9

Ⅱ. 페데리코의 꿈 아래 · 35

Ⅲ. 배경 문제 · 61

Ⅳ. 페데리코 펠리니, 『꿈의 책』 · 91

Ⅴ. 부활한 페데리코 · 115

Ⅵ. 10퍼센트 내외 · 137

Ⅶ. 성세바스티아누스가 전하는 복음 · 161

Ⅷ. 몽상가의 법칙 · 177

감사의 말 · 195

I

홍수

예닐곱 살 때 나는
우리가 눈을 뜨고 사는 삶과,
눈을 감고 사는 삶,
두 개의 삶이 존재한다고 믿었다.
—
페데리코 펠리니, 『꿈의 책』

1

이런 종류의 탄생에 날짜를 매길 수 있다면, 내가 작가가 된 건 루이와 이런 대화를 나누던 날 밤이었다. 나는 열 살이었고, 나의 단짝에게 빛은 물이라고 주장하던 참이었다.

"물이라니, 너 지금 무슨 말을 하는지 알긴 하는 거야?"

"알고말고, 빛은 물이야."

"전깃불 말이야? 우리 침대 머리맡 전등에서 나오는 빛? 그게 물이라고?"

베르코르 산악 지대에 밤이 내리면 내 어린 시절의 침실에서는 대화가 꽃피었고, 루이는 그 방의 영원한 단골이었다. 그애는 제 침대에, 나는 내 침대에 누웠고, 우리 사이에는 머리맡 전등이 놓였으며, 머리 위에는 페데리코 펠리니의 대단히 알록달록한 그림 하나가 걸려 있었다. 이것이 배경이다.

"그래, 전구의 노란 불빛이랑 형광등의 하얀 불빛 말이야, 그게 물이라고."

"누가 그런 얘길 했어?"

"선생님이 지난주에, 네가 결석한 날 그랬어. 산에서는, 그러니까 여기서는 빛이 물이라고 설명했어. 댐을 세워 강물을 호수로 바꾸고, 그런 다음 그 물을 특별한 공장에서 길들인다고 했다니까."

"물을 길들인다고? 너 제대로 알아들은 거 맞아?"

그 말에 확신이 조금 흔들렸지만, 루이가 나를 너무 무시하는 것 같아서 나는 재빨리 이야기를 급조해냈다.

"완벽하게 이해했다니까! 일단 길들여진 물은 전깃줄을 타고 전속력으로 흐르고, 전구의 필라멘트 속에서 너무 빨리 돌다가 뜨거워져서 빛이 된대!"

루이는 벽 쪽으로 돌아누우며 말했다.

"네가 잘못 이해했거나 아니면 아무 소리나 지어내는 거겠지."

그리고 덧붙였다.

"그럴 만도 해. 나도 네 나이 때는 그랬어."

이건 우리끼리 주고받는 오래된 농담이다. 그애는 12월 31일에 태어났고, 나는 1월 1일에 태어났기 때문이다.

"단 하루밖에 차이 안 나면서!"

"내가 31일 밤 11시 59분에 태어났고, 네가 1일 0시 1초에 태어났더라도 일 년 차이인 거야. 일 년이면 엄청나게 많은 걸 배울 시간이라고, 두고 봐."

이런 농담에 우리는 질리지도 않았다.

엄마의 머리가 반쯤 열린 문으로 불쑥 나타나지 않았더라면 우리의 수다는 밤새도록 이어졌을 것이다.

"얘들아, 불 끄고 그만 얘기해. 내일 아침 일찍 출발해야 하고, 먼길을 가야 하니까. 얼른 자!"

나는 머리맡 전등을 끄면서 루이에게 속삭였다.

"일 년이 아니고 하루라고, 그리고 빛은 물이야!"

루이는 졸음기 가득한 목소리로 이렇게 대답했다.

"내일 네가 내 나이가 되면 알게 될 거야."

이내 집안에서 들리는 건 텔레비전에서 나오는 아득한 목소리들뿐이었다. 아빠와 엄마는 프랑스의 미래와 지구의 건강을 두고 논쟁을 벌이는 프로그램을 보고 있었다. 부모님은 텔레비전을 켜둔 채 이따금 꾸벅꾸벅 졸다가, 인류가 잠든 사이 텔레비전이 동물들의 삶을 얘기하는 시간에 화들짝 깨곤 했다.

2

 루이는 잠든 지 오래였고, 나는 선생님이 전에 정확히 뭐라고 말했는지 계속 생각했다. 선생님은 원자력발전소에 대해 말했고, 바람으로 전기를 만든다는 풍력발전기에 대해, 그리고 산에 있는 댐에 대해 말하면서 그 댐들이 물로 빛을 만든다고 했다. 내일 엄마, 아빠가 우리를 데려가기로 한 알프드오트프로방스 지역의 수력발전소가 바로 그런 경우였는데, 그 때문에 우리의 논쟁이 시작된 것이다. 이 트레킹 계획에 우리는 잔뜩 들떴다. 아빠는 우리에게 많은 걸 예고했다. 등반만이 아니라 동굴 탐사도 할 수 있고, 호수에서 물놀이도 하고, 어른들처럼 공기통을 메고 물속에서 수영하는 법까지 배울 수 있을 거라고 했다! 아빠는 '어마어마한 산행'이 될 거라고 약속했다. 루이와 나는 무엇보다 잠수 계획에 끌렸다.

"너희 생각이 맞아. 수중 수영을 해보면 진짜 물고기가 된 기분이 들 거야! 중력에서 해방되는 거지."

몇 년 뒤였더라면 이런 가족끼리의 나들이가 조금 지루했겠지만, 열 살에게는 그보다 더 즐거운 게 없었다. 특히나 루이가 함께 간다니.

우리의 배낭, 자일, 공기통, 오리발이 침대 발치에서 우리를 기다리고 있었다. 그렇다, 멋진 탐험이 되리라 예고하고 있었다! 그리고 내일, 큰 댐에 도착하면 아빠가 우리에게 산의 전기에 관해 알아야 할 모든 걸 가르쳐줄 것이다. 아빠는 설명의 왕이다. 루이도 이 점에 대해선 생각이 같았다.

이런 생각을 하는 사이 나는 텔레비전의 토론자들이 하는 말을 거의 알아들을 수 있었다. 방문이 반쯤 열려 있었기 때문이다. 엄마는 밤새도록 우리를 감시할 생각이었던 걸까 아니면 그저 문 닫는 걸 잊은 걸까? 어쨌든 내 어린 시절의 야등이 복도에서 빛나고 있었다. 아니, 엄마, 아빠는 불을 왜 켜두었지? 저 등을 켜지 않은 지가 적어도 사오 년은 되었는데. 나는 이제 아기가 아니어서 어둠이 무섭지 않았다. 게다가 루이도 와 있는데! 그렇지만 복도의 어둠 속에 꼭 부엉이의 부릅뜬 눈 같은 작은 전구를 둘러싼 불그스름한 빛무리가 선명했다. 나는 거기서 눈을 돌릴 수가 없었다. 저 부엉이 떼

문에 못 자겠네. 나는 부엉이의 눈이 다시 감길 때까지 그 눈을 뚫어지게 쳐다보기로 마음먹었다. 열 살짜리 남자애라면 대개 이런 생각을 굳게 믿잖나. 내가 눈을 깜빡이지 않고 오랫동안 바라보면 저 등은 저절로 꺼질 거야. 이건 순전히 의지의 문제야. 부엉이는 눈을 감게 될 거야.

내기할래?

야등과 나의 대결이 얼마 동안이나 계속되었는지 모르겠다. 그 황금색 빛 주변은 온통 까맣게 변했다. 세상에 존재하는 건 그 부엉이 눈밖에 없었고, 그 눈은 어둠 속에서 나를 노려보고 있었다.

"날 봐! 어서, 날 보라고!"

부엉이와 나.

의지 대 의지.

결국 내가 이겼다.

"퍽!" 하고 야등이 꺼졌다.

내가 잘 아는 소리였다. "퍽!" 승리다! 전등이 터졌다! 내가 너무 강렬히 쳐다봐서 폭발한 것이다! "퍽!" 그러곤 복도의 리놀륨 바닥 위로 잔비 내리듯 유리 파편이 떨어졌다.

나는 미소를 머금고 자려고 벽 쪽으로 돌아누웠다.

그러나 잠들지 못했다.

복도 끝에서 부엉이가 계속 나를 도발하고 있었기 때문이다.

"날 봐, 용기가 있다면 터진 내 눈을 보라고!"

그러나 내겐 용기가 없었다. 더 어릴 적 품었던 두려움이 다시 떠올라 그 도전에 응하지 못하게 가로막았다. 나는 어둠 속에서 보이지도 않는 천장만 쳐다보려고 애썼다. 두려움에 한동안 그 자세로 옴짝달싹 못하고 마비되어 있었다. 얼마 지나자, 수치심이 이겨서—넌 열 살이잖아!—나는 다시 부엉이를 마주했다.

공포가 치솟았다. 복도 저 구석, 쩍 벌어진 전등에서 노란 액체가 흘러나오고 있었다. 그 액체는 소리 없이 흘러서 바닥에 퍼졌다.

나는 목소리를 낮춰 루이를 불렀다.

"루!"

친구를 깨울 정당한 이유가 두 가지나 있었다. 하나는 두려움이었고—공포가 내 모공의 털들을 바짝 곤두세웠다—또 하나는 조금 전 내가 한 말이 옳았다는 걸 루이에게 입증하는 기쁨이었다.

"루, 바보야, 일어나! 저걸 봐!"

벌어진 전구에서는 빛이 계속 흘러나오고 있었다. 정적이

공포를 한층 더 키웠다. 정적이, 그리고 바다의 웅덩이가 점점 커진다는 사실이. 그 웅덩이에는 저 작은 전등에 도무지 담길 수 없을 만큼 많은 빛이 있었다.

나는 계속 루이를 부르며 어둠 속을 더듬어 머리맡 전등을 찾았다.

"야, 일어나봐. 저게 바로 액체 빛이 아니냐고! 심지어 빛의 홍수잖아!"

더구나 그 빛은 아무것도 밝게 비추지 않았다. 웅덩이 주변의 복도는 완전히 컴컴했다. 넓게 퍼져도 그 웅덩이만 보일 뿐 웅덩이는 주변을 비추지 않았다. 그 빛은 더는 빛을 발산하지 않았다. 스스로만 빛났다. 그건 더이상 빛이 아니라, 어둠 속에 넓게 퍼져가는 광채 없는 꿀 같았고, 캄캄한 어둠 속에 점점 넓어져가는 연못 같았다. 방안이 너무 어두워 루이의 침대조차 보이지 않았다.

"루, 어휴, 좀 일어나봐! 저걸 보라니까!"

손으로 마침내 전등의 선과 스위치를 찾았다. 나는 크게 안도하며 불을 켰다.

"루, 저것 좀 봐!"

그런데 루이의 침대는 비어 있었다.

침대가 흐트러져 있지도 않았다.

루이는 방에 없었다.

그리고 그애의 장비도 몽땅 사라졌다.

내가 너무 놀라 전선을 당기는 바람에 전등이 벽 쪽으로 넘어졌다. 그러자 전구가 과일처럼 터졌다. 노란 폭발이었다. 그건 야등에서 흘러나온 꿀보다 훨씬 더 선명한 노란색이었는데, 물처럼 흐르는 건 똑같았다. 꼭 금이 흘러내리는 것 같았다. 어쨌든 엄마가 미나리아재비라고 부르던, 풀밭 위의 작은 꽃들처럼 노랬다. 정말 그랬다. 벽에는 노란 꽃들이 튀었고, 바닥에 흘러내린 샛노란 액체 역시 아무것도 밝게 비추지 않았다. 우리 방은 심지어 점점 더 어두워졌다.

3

나는 더듬더듬 내 트레킹 배낭을 찾아서 침대 위에 가방을 비우고는, 이마에 고정하는 헤드랜턴이 손에 잡힐 때까지 물건을 하나씩 내던졌다. 아빠가 동굴 탐험을 할 때 꼭 가져가야 한다고 말한 것이었다.

이제는 내 이마가 방을 밝게 비추었다. 루이의 침대는 비어 있었고, 루이의 물건도 완전히 사라졌다. 머리맡 전등은 바닥에 나뒹굴고, 광채 없는 황금빛 액체가 전등에서 흘러나오고 있었는데, 내가 서둘러 나가지 않으면 액체가 나보다 먼저 문에 닿을 참이었다.

"아빠! 엄마!"

나는 방밖으로 달려나갔다.

웅덩이를 뛰어넘고, 야등에서 흘러나온 꿀을 피하고, 마치 강물 위의 징검다리를 건널 때처럼 캄캄한 어둠의 섬에만 발을 디디며, 혹시라도 미끄러져서 빛을 건드리지 않으려고, 즉 감전되지 않으려고 조심하며 복도를 달렸다.

"아빠! 엄마!"

나는 계단을 황급히 내려가 거실 문을 열었는데 부모님은 거기 없었다. 텔레비전뿐이었다. 지금은 태연하게 말하지만, 그날 밤 나는 눈앞에 펼쳐진 광경을 이해하지 못하고 그대로 선 채 한동안 꼼짝하지 못했다. 텔레비전이 쩍 벌어져 있었다. 벌어진 틈에서 빛줄기가 소리 없이 넓게 흘러나왔는데, 빛줄기에서 껌처럼 늘어난 얼굴들이 보였다(어떤 입들은 아직 말하고 있어서 입술의 달싹임을 볼 수 있었는데, 말은 한마디도 들리지 않았다). 곧 얼굴들은 너무 늘어나서 형체를 잃었고, 우유에 초콜릿이 섞일 때처럼 여러 색깔이 한데 뒤섞였다. 나는 그 모든 걸 보며 이렇게 생각했다. 누전이야! 터무니없는 광경이었지만, 나는 빛의 홍수에 더는 놀라지 않았다. 사람은 금세 적응하는 법이다. 다만 내가 바보 같은 짓을 저질러 집안 전체에 누전을 일으킨 모양이라고 생각했다. 집안에 전기 코드가 꽂힌 모든 게 망가졌겠구나 싶었다. 냉장고, 전화기, 보일러, 전부 꺼졌을 게 분명했다. 아빠를 깨워야 해. 그것도 빨리. 아빠를 깨워서 누전차단기를 확인하고 모든 게

멈추도록 전기를 차단해야 해. 다른 해결책은 없어, 모두 원래대로 돌아가게 전기를 끊어야 해!

다만, 부모님의 침실까지 가려면 텔레비전에서 흘러나온 대리석 무늬 빛에 거의 완전히 잠긴 거실을 가로질러야만 했다. 그렇다, 그 액체는 우리 할머니의 벽난로 위에 놓인 대리석 판을 생각나게 했는데, 그 벽난로 위엔 성聖세바스티아누스 조각상이 머리에 거대한 황금빛 후광을 두르고 자리하고 있었다. 그 대리석은 칙칙하고 차가웠고, 지금 거실을 점령하고 있는 죽은 빛처럼 여러 색이 뒤섞여 변화무쌍한 무늬를 띠고 있었다. 웅덩이가 더 커지지 못하도록 막으려고 양탄자를 둘둘 말았던 기억이 난다. 그러자 빛은 일단 흐름을 멈췄고, 내가 부모님의 침실 문을 지날 때까지는 텔레비전 쪽으로 다시 밀려가기까지 했다. 방문을 다시 닫으면서 마지막으로 보았을 때는 소리 없이 계단을 타고 쏟아져내려온 꿀과 금 폭포까지 알록달록한 액체에 잠긴 거실로 합류하고 있었다. 폭포에 내 트레킹 장비까지 휩쓸려내려오고 있었다. 고압 공기통들이 계단 위로 통통 튀었다.

"아빠, 엄마, 일어나세요!"

그런데 텅 빈 방에 대고 말하는 느낌이 들었다. 부모님도 거기 없었다. 그 느낌이 너무도 강렬해서 침대를 바라볼 용기가 나지 않았다. 그렇지만 결심해야만 했다. 헤드랜턴 불빛이 침대를 비췄을 때 나는 실제로 부모님의 침대가 루이의 침대처럼 비어 있을뿐더러 흐트러져 있지도 않고, 트레킹 장비도 사라졌다는 걸 확인했다.

"아빠! 엄마!"

그러나 이번 외침은 목구멍에 걸려 나오지 못했다. 내 헤드랜턴의 불빛은 사방 벽을 훑다가 옷걸이에 걸려 있는 부모님의 실내 가운들을 비추고, 열린 창문으로 사라졌다.

그 컴컴한 구멍 양쪽에서 커튼이 밤의 미풍에 부드럽게 흔들리고 있었다.

'저리로 나가셨나봐.' 나는 생각했다.

나는 침실을 가로질러가서 창문에 걸터앉았다.

4

아마도 나는 도움을 청하러 갈 생각을 했던 것 같다. 어쩌면 그저 누구라도 찾고 싶었는지도 모르겠다. 그 집에 혼자 있고 싶지 않았다. 왠지 모르겠지만 모두가 나를 버리고 갔다. 아빠, 엄마, 루이…… 나의 부모님과 나의 절친이…… 그들이 왜 장비까지 챙겨갔는지도 알 수가 없었다. 아무리 그래도 날 빼놓고 트레킹을 가진 않았을 텐데! 빛의 홍수와 상관 있을까? 내가 이 참사를 일으켜서 모두 화가 난 걸까? 아무리 그래도, 아무리 그래도, 아이가 바보 같은 짓을 저질렀다고 부모가 자식을 버리지는 않지 않나. 아무리 큰 잘못을 저질렀대도! 잠들기 전에 상대가 논쟁에서 이겼다고 단짝 친구를 한밤중에 버리지는 않지 않나. 누구도 그런 짓은 하지 않는다! 특히나 나의 부모님은! 특히나 루이는! 우리 엄마, 아빠는 정말이지 완벽한 부모여서 가끔은 내가 태어나기 전에 직접 부모를 고른 게 아닐까 하는 생각이 들 정도였다. 마치 세상의 모든 아이가 잉태되기 전에 부모들을 파는 거대한 시장을 내려다보며(시장이라고 하니 좀 노예시장 같아서 꼭 맞는 말은 아니지만 다른 말을 못 찾겠다) 어느 부모랑 살고 싶은지 미리 고르기라도 하는 것처럼.

"어떤 기준으로 선택했는데?" 이 년 혹은 삼 년쯤 후에, 우리가 이 문제로 토론하던 어느 날 저녁에 루이가 내게 물었다. "왜 다른 부모가 아니라 이 부모였어?"

"몰라, 직감이지. 가장 호감이 가는 부모를 고르는 거지……"

"호감? 호감이라니, 그게 무슨 뜻이야?"

"호감이라는 건, 이를테면 우리 엄마 아빠 같은 거야! 너희 엄마 같은 거!"

"그럼, 우리 아빠 같은 거라고 말해도 돼?"

거북한 침묵이 흘렀다. 루이의 아빠는 몇 년 전에 돌아가셨기 때문이다.

"네가 말한 '호감'의 기준이 부족하다는 말이야. 우리 아빠는 아주 호감 가는 사람이었어, 누구보다 호감 가는 사람이었지만, 아주 일찍 돌아가셨잖아. 만약 내가 아빠를 고른 거라면 좀 잘못 고른 것 아냐? 내가 조금 덜 '호감' 가더라도 더 오래 사는 아빠를 골랐을 수도 있었을 거잖아, 안 그래?"

루이와 나누는 대화는 어디로 흘러갈지 몰랐다. 부모 선택 문제, 액체 전기, 개와 고양이의 차이, 남자와 여자의 차이, 정말이지 무슨 얘기든 할 수 있어서 대화가 우리를 어디로 이끌지 절대로 알지 못했다.

그날 저녁 루이는 이렇게 결론 내렸다.

"우리가 우리 엄마, 아빠를 고르는 것도 아니고, 엄마, 아빠가 우리를 고르는 것도 아니야. 이건 엄청난 유전자 제비뽑기라고."

"뭐라고?"

"관둬, 이 얘긴 내일 끝내자."

우리의 토론은 주로 저녁에 벌어졌다.

"토론을 잠들기 전에 끝내면 안 돼." 루이가 말했다. "그러면 잠에서 깨어날 때 서로 아무 할말이 없을 수도 있어. 그러면 정말이지 끔찍할 거야."

아무튼 이날 밤, 홍수가 난 밤에 결국 나는 부모님의 집 창문을 통해 밖으로 나왔다. 어쩌면 부모님은 거실을 가로지르기가 겁났던 걸까, 아니면 액체 전기가 이미 집 현관문 앞을 가로막고 있었던 걸까, 어쩌면 내 트레킹 장비를 휩쓸어간 계단의 폭포 앞에서 우리를 구하러 올라올 용기가 나지 않았던 걸까. 어쩌면 부모님은 그저 구조를 요청하려고 창문 밖으로 뛰어넘어갔는지도 모른다. 이것이 가장 그럴싸한 가정이었다. 부모님은 나를 버리지 않았다. 오히려 그 반대였다. 엄마, 아빠는 이웃을, 구조대원을, 경찰을, 아니면 내가 알지 못하는 누군가를 부르러 갔을 것이다. 그러니 이젠 내가 이 창문을 넘어야 할 차례였다.

5

 눈에 보이는 바깥 풍경에 나는 몸이 굳어버렸다. 우리집만 물에 잠긴 게 아니었다. 도시 전체가 잠겨 있었다. 죽은 빛의 폭포가 건물마다 흘러내렸다. 아파트들은 축제 끝의 술꾼들처럼 속을 게우고 있었다. 금, 꿀, 형광등에서 흘러나온 먼지 섞인 허연 액체, 텔레비전에서 나온 알록달록한 액체가 대리석 무늬 물결을 이루고 창문마다 쏟아져 인도로 흘러내리며 모든 걸 휩쓸어 쓰레기통들이 둥실둥실 떠다녔다. 길이 너무 미끄러워서 성당 사거리에서는 경찰관이 교통을 통제해보려고 안간힘을 쓰고 있었지만, 차들이 마구 들이받았다.

 경찰관은 내가 어린 시절에 본, 케이프를 걸치고 둥글고 높은 경찰모를 쓰고서 흰 곤봉을 든 그 시절의 모습이었다. 그는 자기 일을 아주 잘해내고 있었다. 꼭 성당 광장 한가운데에 있는 가로등 밑에 심어둔 기계 경찰관 같았다. 그는 홍수에는 무심한 채 빛의 액체에 발을 적시지 않으려고 의자 위에 올라서 있었고, 그대로 계속 자기 의무를 다하고 있었다. 그래도 소용이 없었다. 경찰관이 아무리 곤봉을 휘두르고 호각을 불어도 자동차들은 사거리에서 미끄러져 꼭 범퍼카처럼 서로 부딪쳤다. 전조등이 깨지면 이내 거기서 물렁한 빛이 흘러내려 그 끔찍한 대리석 무늬의 걸쭉한 액체 속에 더해졌고, 거기에 차폭등의 빨간 빛이 과하게 장식적인 핏빛 아라베스크 무늬를 남겼다. 이 모든 건 아무것도 빛나지 않는 어둠 속에 있었다. 이 빛의 물결도 좀전에 깨진 야등의 꿀처럼 빛을 발산하지는 않았기 때문이다. 홍수가 도시 전체를 뒤덮어 완전한 어둠으로 몰아넣었다. 그 절대적 암흑 속에서 유일한 빛의 원천은 경찰관 머리 위에 하얀빛을 고깔모자처럼 씌우고 있는 가로등 전구, 우리 골목 모퉁이에서 깜빡이고 있는 담뱃가게의 붉은 간판, 터지기 직전의 전조등 불빛, 떠내려가는 자동차들의 실내등뿐이었다.

그렇다. 운전자들은 모두 백미러 위쪽의 실내등을 켜두었는데, 아마도 불안한 마음을 가라앉히기 위해서였던 것 같다. 그래서 자동차들은 어둠 속에서 길 잃은 빛의 방울처럼 보였고, 차 안에서 남편과 아내가, 아이와 부모가, 형제자매들이, 어린이와 어른이 말다툼하고, 모두들 서로가 서로를 비난하고, 저마다 이 일이 다른 사람 탓이라고 생각하는 듯 보였다. 네가 야등만 터뜨리지 않았어도, 네가 머리맡 전등만 떨어뜨리지 않았어도, 이런 비난을, 사고당한 차든 그렇지 않은 차든, 죽은 빛의 강물에 휩쓸려 떠내려가는 모든 차에 탄 사람들의 입술에서 읽을 수 있었다. 자동차들은 사람들이 황급히 꾸려놓은 온갖 짐을 싣고 조금 전에 본 쓰레기통들처럼 떠내려가고 있었다. 개중에 우리 부모님의 차도 있었고, 우리집 창문 밑을 지나가는 그 자동차 속 얼굴들이 보였는데, 아빠는 부질없이 핸드브레이크만 힘껏 잡아당기고 있었고, 엄마는 내가 엄마가 있는 곳으로 훌쩍 뛰어가보려 마음먹지 못하는 걸 보며 울고 있었다. 그런데 엄마, 어디로 뛰어요? 저 전기 급류 속으로? 전기에 구워져서 비참한 쓰레기통처럼 떠내려가라고요? 절대 못 해요!

보아하니 모두가 달아나려 애쓰고 있었는데, 그들 머릿속엔 한 가지 생각뿐이었다. 도시가 죽은 빛의 밀물에 완전히 침수되기 전에 도시를 떠나는 것. 저마다 달아나면서 오직 자기 생각만 했다. 모두가 다른 사람은 안중에 없었는데, 오직 우리 엄마만 나를 부르고 있었다. 엄마는 차창에 얼굴을 바싹 붙인 채 나를 부르고 또 불렀는데, 그렇지만 엄마, 어떻게 저 속으로 뛰어들라는 거예요?

저 아래 경찰관은 이제 가로등에 매달려 있었다. 딛고 서 있던 의자는 이미 물살에 휩쓸려가버렸다. 그는 감전되지 않으려고 두 발을 높이 쳐들고도 남은 한 손으로 계속 흰 곤봉을 휘두르고 전보다 더 세차게 호각을 불며 용감하게 교통정리를 했다.

"경찰 아저씨!"

나는 결국 경찰관을 불렀다. 그의 도움이 너무도 필요했다.

"경찰 아저씨, 저 좀 도와주세요! 부모님이 계신 곳으로 가고 싶어요!"

경찰 아저씨는 할일이 너무 많아서 내 말을 듣지 못했다. 자동차들은 사거리에서 계속 충돌했고, 이제는 격류로 변한 강물에 휩쓸려갔다.

"저 좀 봐주세요!"

나는 있는 힘껏 경찰관을 응시했다. 조금 전에 복도의 야등을 응시했던 것처럼. 그리고 나는 생각했다. 내가 충분히 오랫동안 바라보면 결국 나를 보고, 도와주러 오실 거야.

정말로 경찰관은 결국 나를 보았다.

하지만 나를 도우러 오지는 않았다.

그가 외쳤다.

"어이! 거기 창문에 있는 분!" 그가 외쳤다. "헤드랜턴 좀 꺼줄래요? 그것 때문에 사람들이 눈부셔서 앞을 못 보는 게 안 보여요? 당신 때문에 이 차들이 전부 충돌하고 있는 것 좀 보라고요!"

경찰관이 나를 향해 소리치는 동안—그 목소리가 내게는 이상하게도 친근하게 들렸다—트럭 하나가 미끄러지더니 가로등을 들이받았고, 그러자 가로등은 목이 부러지듯 똑 부러졌다. 하얀빛이 경찰관의 머리 위로 샤워기 물줄기처럼 쏟아졌고, 나는 심장이 멈췄다. 그리고 난 생각했다. 경찰 아저씨가 감전사하겠어! 이러다 내가 이 도시의 유일한 생존자가 되겠어!

"당장 그 헤드랜턴 좀 꺼요, 빌어먹을, 아니면 나도 불을 켜서 당신도 눈 못 뜨게 할 거요!"

그는 감전되지도 않았을 뿐 아니라, 성난 발걸음으로 성큼성큼 격류를 가로질러 나를 향해 걸어왔다. 그러더니 미국 영화에서 경찰관들이 버려진 자동차들을 수색할 때 쓰는 긴 손전등 하나를 꺼내 휘휘 내저었다. 그의 몸에서는 액체 빛이 뚝뚝 떨어졌고, 그의 다리는 고요한 격류 속에 대리석 무늬 물결을 일으켰다.

"내가 흠뻑 젖은 게 재미있니, 친구야?"

(근데 이 목소리를 어디서 들었더라?) 내 코앞에 이르사 경찰관은 물에 젖은 개처럼 몸을 털었다. 그의 모자 주위로 물방울들이 부채처럼 펼쳐지며 내 헤드랜턴 불빛에 반짝였다. 꼭 할머니의 벽난로 위에 놓인 성세바스티아누스의 커다란 후광 같았다.

　그는 손전등을 켜서 나를 비추었다.

　"자, 그만 자고, 친구야, 일어나!"

6

 나는 눈을 떴고, 루이가 제 헤드랜턴을 비추며 물통에 담긴 물을 내 머리에 끼얹고 있는 게 보였다. 그애의 침대는 정돈되어 있었고, 배낭까지 메고 트레킹을 떠날 준비가 다 되어 있었다. 흠뻑 젖은 건 나였다. 나는 물이 흥건한 침대 시트에 벌떡 일어나 앉았다.
 "얘들아, 얼른 안 내려오면 놔두고 간다?"
 계단 밑에서 아빠의 목소리가 들려왔다.
 "얼른! 서둘러! 우리를 기다리시잖아." 루이가 말했다.
 루이는 내게 수건을 던져주고는 계단을 뛰어내려갔다.

II

페데리코의 꿈 아래

내가 눈을 감자마자
화려한 공연이 시작되었다.

−

페데리코 펠리니, 『꿈의 책』

7

 자동차 안에서 물론 나는 모두에게 내 꿈 얘기를 들려주었다.
 "그거 페데리코의 꿈과 많이 닮았네!" 엄마가 외쳤다.
 그러곤 엄마는 내 방에 걸어둔 펠리니의 그림에 대해 말했다.
 "너도 네 꿈 이야기를 써두면 좋겠구나." 아빠가 말했다.
 루이에게는 페데리코 펠리니가 누구인지 설명해야만 했다. 엄마가 존경하는 이탈리아 영화 예술인이라는 걸. 엄마는 펠리니의 여러 작품에서 의상을 맡았다. 그리고 로마까지, 펠리니가 머릿속에 떠오르는 모든 걸 촬영하던 로마의 치네치타 스튜디오 5까지 갔었다. 어느 날 아침, 펠리니는 자기 꿈들을 그려둔 커다란 책의 한 페이지를 찢더니 엄마에게 내밀었다. 엄마는 그걸 액자에 넣어 내 방에 걸어둔 것이다.

"펠리니는 잠에서 깨자마자 자기가 꾼 꿈 내용을 적고 그림으로 그리지."

"그분이 옳아요. 꿈은 태양 아래의 물처럼 금세 증발하니까요." 루이가 말했다.

뜨거운 여름이었다. 햇살 아래 산들은 윤곽을 또렷이 드러내고 있었다.

나는 물었다.

"모두 그렇게 해요? 꿈을 적어요?"

"우리가 꾸는 꿈은 네 꿈의 발뒤꿈치에도 못 미쳐." 루이가 대답했다. "우리 꿈은 하나도 안 재밌다고. 넌 정말이지 몽상가들의 왕이야! 네 옆에 있으면 나는 꿈을 꿀 줄 모른다는 느낌이 들어."

이 말에 엄마가 웃었다.

"루이, 너 왜 그래, 지금 친구를 칭찬하는 거야? 새로운 모습인데!"

스쳐지나가는 풍경을 바라보며 루이가 대답했다.

"진지하게 하는 말이에요. 내 친구는 천재적인 몽상가예요. 나중에 크면 얘는 작가가 될 거예요. 아니면 영화 예술인이 되든지, 그 친구분처럼…… 이름이……"

"펠리니." 엄마가 말했다.

"펠리니." 루이가 되뇌었다.

"그럼 너는 뭐가 될 거니?" 아빠가 물었다.

"저요?"

잠깐 머뭇거리던 루이가 대답했다.

"저는 등장인물이 될 거예요."

정말 그랬다. 나는 작가가 되어 에세이, 소설, 만화, 시나리오, 희곡을 썼고, 어른을 위해서도 아이들을 위해서도 온갖 종류의 이야기를 썼다. 심지어 루이를 주인공으로 등장시켜 우리의 청소년기에 관한 연작소설도 썼다. 그 소설들에서 나는 루이를 카모라고 불렀다. 그 이름은 총서의 제목이 되었다. 어린 독자들은 카모들, 카모, 내 카모라고 말한다. 대신 루이, 나의 루이라고 말해도 좋을 것이다.

8

 그날 아침 우리를 트레킹 장소로 실어가는 자동차 안에서 대화의 중심은 내 꿈 이야기였다. 루이는 흥미로운 질문을 던졌다. 우리는 꿈이 언제 시작되는지 정말 알고 있을까?
 "예를 들어, 네 꿈은 언제 시작된 것 같아?" 루이가 물었다.
 나는 자신 있게 대답했다.
 "야등의 전구가 터지고, 꿀이 바닥에 흐르는 걸 보았을 때지! 그런 건 현실에 없는 일이잖아. 꿈을 꾼 거지. 그리고 뚫어지게 쳐다봐서 전구를 터뜨리는 것도 현실에서는 말이 안 되잖아!"
 "복도에 야등이 아예 없었으니 더 말이 안 되지." 엄마가 말했다.
 나는 방금 엄마가 한 말을 이해하는 데 한참 걸렸다.

"복도에 야등이 없었다고요? 그렇지만 잠들기 전에 분명히 봤는데요!"

"없었어. 네가 잠들고 나서 본 거야." 아빠가 백미러로 내게 웃음기 가득한 눈길을 던지며 말했다.

"네가 다섯 살 되던 날 저녁에 야등을 치웠으니까." 엄마가 덧붙여 설명했다. "잘 기억해봐. 네가 생일 선물로 야등을 치워달라고 했잖아. '엄마 나는 이제 아기가 아니에요. 이젠 야등이 필요 없어요! 저건 없애주세요. 난 다섯 살이라고요!'라면서."

"그러니까 어젯밤 야등은 네가 꿈꾼 거네." 루이가 결론지었다.

이럴 수가……

"그러면 처음의 질문을 다시 던져야겠어. 네 꿈은 언제 정말 시작된 거지?"

이번에 나는 대답하기 전에 곰곰이 생각했다.

"어쩌면 엄마 아빠가 주무시러 갔을 때인지도 몰라. 그때부터 텔레비전 소리가 안 들렸고 잠이 든 거야."

"무슨 텔레비전?" 아빠가 물었다.

침묵. 여기 베르코르에는 텔레비전이 없다. 한 번도 있었던 적이 없다. 텔레비전은 파리에 있었다.

"그러면?" 루이가 물었다.

이때부터 나는 신중하게 접근했다.

"엄마, 어제저녁에 저랑 루이랑 떠들고 있을 때 제 방으로 올라와서 조용히 하라고 하신 건 맞죠?"

"얘야, 엊저녁에 난 잤어. 너희가 세상 떠나가게 떠들었더라도 난 몰랐을 거야."

"엄마는 책을 좀 읽으려다가 두 쪽쯤 읽더니 바로 잠들었지." 아빠가 분명히 말했다. "내가 엄마 안경도 벗겨줬고, 책도 덮고, 불도 껐어. 그리고 나도 잠들었고."

내 확신은 하나씩 무너졌다. 나는 만화영화 속에서 발이 땅에 더는 안 닿는 채로 허공을 계속 달리는 등장인물이 된 기분이었다.

"그러면?" 루이가 다시 물었다.

이제 나는 아무것도 확신할 수가 없었다.

"루, 너랑 나랑 잠들기 전에 빛에 대해 한참 이야기한 거 맞지?"

"맞아. 네가 빛은 물이라고 했잖아."

아빠가 검지를 치켜들며 말했다.

"그게 산에서는 틀린 소리가 아냐. 어쨌든 수력 에너지니까. 은유적으로 말하자면 빛은 물이라고 말할 수 있지."

"말 나온 김에 애들한테 은유가 뭔지도 설명해줘요." 엄마가 제안했다.

하지만 지금 상황에서는 새로운 단어를 배운다거나 루이와 벌인 토론에서 내가 틀렸는지 옳았는지는 전혀 중요하지 않았다. 내가 알고 싶은 건 그 꿈이 언제 시작되었느냐는 것뿐이었다. 이제 나는 발끝으로 바닥을 더듬어 내 기억을 거슬러올라갔다.

"우리가 액체 빛에 관해 이야기 나눌 때, 네가 내 생각에 동의 안 한 건 맞지?"

"네가 선생님의 설명을 잘못 이해한 걸 거라고 말했지."

사실이다.

"그리고 너는 벽 쪽으로 돌아누우면서 '내일 네가 내 나이가 되면 알게 될 거야'라고 말했지?"

"내가 그런 말을 했다고?"

루이는 정말로 놀란 것 같았다.

"내가 왜 그런 말을 해?"

그애는 그런 말을 할 수가 없었다. 루이와 나는 하루가 아니라 여덟 달 차이가 났으니까. 그애는 4월에 태어났고, 나는 12월에 태어났다.

이번에는 그애가 웃음을 터뜨렸다.

"하! 이건 이야기꾼이 지어내는 생각이잖아! 세상에서 제일 친한 두 친구의 생일이 단 하루 차이라는 거, 그리고 하루 먼저 태어난 친구가 '내일 네가 내 나이가 되면 알게 될 거야'라고 말하면서 다른 친구를 계속 놀리는 거. 이야기꾼이라야 이런 상상을 하지! 제가 말했죠, 얘는 작가가 될 거라고요! 장담한다니까요! 아니면 영화 예술인이 되든지, 아주머니의 그 친구분……"

"펠리니." 엄마가 말했다.

그러더니 루이는 새로운 질문을 던졌다.

"그런데 너는 꿈에서 창밖을 내다보면서 익숙한 풍경 대신에 새로운 도시를 보고도 놀라지 않았어?"

9

 루이 말이 옳았다. 예전부터 매일 아침 베르코르 쪽으로 난 덧문을 열면 눈앞에 풍경이 펼쳐졌다. 게다가 얼마나 대단한 풍경이던가! 북으로도 남으로도 지평선 끝까지 집 한 채 없었다. 저멀리 산기슭 위로 검은 포말 같은 숲이 보이고, 밀밭이 느릿느릿 우리 주변을 에워쌀 뿐이었다. 파란 하늘에 뭉게뭉게 피어난 구름은 무한히 하얗다. 내가 아주 어렸을 적에 부모님이 심은 나무들은 이제 집보다 훨씬 높다랗게 자랐다. 나무들은 위에서 우리를 굽어보고 있다. 매끈한 몸통의 자작나무, 잔가지를 사슴뿔처럼 멋지게 뻗은 너도밤나무, 북풍에 드러누운 전나무, 8월 말 화사한 열매 송이를 드리운 마가목 등 그 공허 속에 자리한 이곳의 모든 나무는 내게 나의 온 생애에 대해 말해준다. 아무리 상상이 넘쳐나는 작가라도 대단한 걸 지어내지는 않는다. 내가 새로이 발견한 것들은 대부분 옛 기억들이고, 그 기억들이 이야기들을 만들어낸다. 그리고 그 이야기들을 나는 나의 아버지가 그 옛날에 나의 어머니를 위해 지은 오두막집에서 쓴다. 오두막집은 나무판자로 지어졌다. 그리고 세월이 흐르면서 나처럼 허옇게 변했다. 그 집은 겨울의 혹독한 추위에도, 어마어마한 눈의 무게에도, 세찬 봄비에도, 점점 더 뜨거워지는 여름에도, 그리고 무엇보다 거의 일 년 내내 부는 바람에도 버티고 살아남았지만, 결국은 기울어진 모양이 되었다.

오랜 세월 바람이 불었지만, 오두막집은 여전히 서 있고, 나는 그 안에 있다. 아직 할 이야기가 무척 많이 남아 있다……

아버지는 오두막집 지붕의 박공 부분에 어머니의 이름과 어머니를 위해 이 집을 세운 날짜를 페인트로 적어두었다. 루이와 나는 그때 너무 어려서 아버지를 돕는 시늉만 했다.

10

"우리가 늘 보던 풍경 대신에 새로운 도시를 보고도 놀라지 않았어?"

그렇다, 내가 놀란 건 단지 빛의 홍수, 속을 게우는 아파트들, 무너져내리는 담장들, 거리마다 흐르는 대리석 무늬의 걸쭉한 액체, 물결에 휩쓸려 떠내려가는 쓰레기통들, 알지 못하지만 어쩐지 친근한 그 도시 속 그 모든 죽은 빛의 움직임 때문이었다.

"우리한테 묘사해줄 수 있어?"

"뭘?"

"그 도시 말야."

엄마, 아빠, 루이는 내가 그 도시를 가능한 한 자세히 묘사해주길 바랐다. 성당 사거리, 맞아, 그런데 그 사거리에 성당이 있었나? 있었다. 어떤 성당이었지? 뾰족한 종탑이 있는데, 산속 성당들이 대개 그렇듯이 판석으로 된 종탑이었고, 뒤에는 묘지가 있었다. 파리의 피레네가(街) 너머에 있는 바놀레가의 성당처럼······

"묘지가 성당 뒤에 있는데, 어떻게 넌 그걸 볼 수 있었어?"

나는 그러리라 짐작했다. 범람한 물이 묘지를 우회해서 무덤들이 무사했으리라고. 빛의 물살이 묘지를 덮쳤더라면 물의 흐름이 멈췄으리라고 생각한 것이다. 범람한 물은 벽을 따라 흘러 비탈길로 접어들면서 속도가 붙었고, 사거리에서 그 혼란을 일으킨 거라고 짐작했다.

"길 이름은 뭐였어?" 루이가 물었다.

휴식로와 평화로. 평화로와 우리집 앞길이 만나는 모퉁이에 담뱃가게가 있었고, 그 빨간색 간판이 반짝이고 있었다.

"담뱃가게 이름은?"

"평화 담뱃가게."

질문을 받을수록 세세한 사실들이 떠올랐는데, 그 순간에는 그게 놀랍지 않았다.

"어쩌면 이 모든 걸 네가 지금 지어내는지도 몰라." 루이가 넌지시 의견을 말했다.

나는 절대 아니라고 단언했지만, 그럴지도 몰랐다. 훗날,

내 꿈들에 대해 적으면서(이날부터 나는 평생 꿈속의 일들을 적었다), 나는 꿈속의 일들을 이야기한다는 것은 꿈을 기억해내는 일인 동시에 상상하는 일이라는 걸 깨닫게 되었다. 그것은 감각을 이야기로 바꾸는 일이다. 엄밀한 의미로, 이야기를 만드는 일이다. 꿈꾸는 사람은 꿈속에서 한 가지 세세한 사실에 붙들려 이렇게 생각하기도 한다. 내일 아침에 깨자마자 이걸 바로 적어두는 걸 절대로 잊지 말아야 해!

"그건 그렇고, 할머니 댁엔 벽난로가 있었던 적이 없는데." 아빠가 끼어들었다. "그러니 벽난로 위에 대리석 판도 있을 수 없어. 큰 후광을 두른 성세바스티아누스도 없었고."

"확실해요?"

"네 할머니가 내 엄마였다는 사실만큼이나 확실하지! 크리스마스에 우리는 양말을 벽난로 앞에 걸어두지 않았어. 벽난로가 없었으니까. 양말을 크리스마스트리 주변에 놓았지."

"성세바스티아누스도 없었다고요?"

"없었다니까."

11

 정작 트레킹에 관해서는 정확한 기억이 남아 있지 않다. 어린 시절에 트레킹을 너무 많이 해서 모두 뒤섞여 조금 헷갈리기도 한다. 게다가 내 기억의 대부분은 루이와 연관된 것이어서 대단히 소설적이라 꿈속의 일들 같다고 말할 수 있을 정도다. 루이가 점심으로 먹을 송어 네 마리를 손으로 잡은 날, 루이가 마멋 굴속에 완전히 들어갔다가 그 땅굴 주인을 품에 안고 나오며 "이 통통한 아기는 입양할 테야"라고 외쳤던 날(그 통통한 아기는 입양에 동의하지 않았고 이빨이 면도날 같아서 루이는 여덟 바늘이나 꿰매야 했다), 루이가 우리 짐을 싣고 가던 당나귀한테 무슨 말을 그렇게 길게 늘어놓았는지 우리가 손쓸 틈도 없이 당나귀가 주인에게 스스로 돌아가버린 날, 한 여자애가 동굴에 끼였는데 그애의 부모는 덩치가

커서 들어가지 못하고 절규할 때 루이가 그 여자애를 구해준 날, 트레킹을 하다 자전거가 담벼락에 부딪쳐 루이가 조금 날아간 날(이 장면은 카모 이야기에 썼다), 루이가 까마귀떼에 공격받아 다친 작은뱀수리를 구해주고는 남은 방학 내내 그 새한테 먹이로 주려고 뱀을 사냥하러 다녔던 일, 루이가 에귀산 절벽을 자일도 없이 내려온 날……

루이가 오지 않은 날……

처음으로 내가 부모님과 떨어져서 방학을 보낸 날.

우리가 어른이 된 날……

우리가 나이가 많이 든 날……

그리고 그날 트레킹에 갔다 돌아와 어머니가 꿈속의 일들을 적어보라고 나에게 준 노트를 내 딸 알리스가 찾아내 내가 기우뚱한 오두막집에서 이 글을 쓰고 있는 오늘 이날.

12

 한편 그날 밤에도 나는 꿈을 꾸었다. 그게 이 첫번째 노트에 기록된 첫번째 꿈이다. 그날 아버지가 우리에게 전기에 관한 핵심적인 사실을 설명했던 모양이다―이를테면 전기는 전자파로 이루어졌고 초속 30만 킬로미터로 이동한다는 내용이었다―왜냐하면 밤 동안 꿈속의 내가 루이를 뒤쫓아 지구를 삼백예순다섯 바퀴 도는 전선을 타고 돌아다녔고, 우리가 너무 빨리 달려서(초속 30만 킬로미터로) 지구는 점차 밝아지더니, 결국엔 별 없는 창공에 뜬 야등의 전구처럼 환히 빛나게 되었으니 말이다.

13

 루이와 나는 자랐고, 우리 부모님은 돌아가셨고, 아이들이 태어났고, 그 아이들이 또 아이들을 낳았다(내가 기우뚱한 오두막집에서 이 글을 쓰는 동안 쌍둥이 자매가 싸우는 소리가 들린다). 나는 일생 동안 베르코르의 집을 꿋꿋이 지켜왔다. 이 집은 우리 가족의 집결지이자 내가 쓴 몇몇 소설의 배경이 되었다.

 루이가 이곳에 올 때마다(그는 언제나 예고 없이 왔고, 매번 행복한 깜짝 선물이 되었다), 아이들은 으레 그와 나를 우리 어린 시절의 방에서 함께 자게 한다. 이 이야기의 초반에 우리가 수다를 떨던 바로 그 방인데, 그후로는 언제나 막내의 방으로 쓰였고, 이제는 밀라와 노라의 방이 되었다. 어린 시절 우리의 방에서 하룻밤을 보내는 건 새로운 카모가 탄생할 기회가 된다. 이미 그렇게 새 작품이 나온 적이 있는데, 『바벨 에이전시』와 『카모의 탈출』은 바로 이 방에서, 수다를 떨다가 구상되었다. 일 년에 최소한 하룻밤, 이건 꼭 지켜야 할 명령이다.

그 명령을 오늘 저녁엔 쌍둥이 자매가 내렸다. 저들을 재우는 시간이 되면 우리가 늘 하던 말 그대로 하면서.

"자, 이제 할아버지들은 그만 방으로 가세요, 잠자리에 들 시간이에요!"

14

 아이들은 저희 방에서 무슨 얘기를 할까? 엄마, 아빠 얘기를 한다. 엄마, 아빠 들은 무슨 얘기를 할까? 아이들 얘기를 한다. 그럼 할머니, 할아버지 들은 무슨 얘기를 할까? 자신의 건강 얘기를 한다.
 루이와 나는 건강에 관한 대화는 후딱 해치웠다.
 "여전하지?"
 "여전하지. 여기저기 좀 곯았지만 아주 고장난 덴 없어. 넌 어때?"
 "그럭저럭 잘 돌아가."
 그러곤 다른 주제로 넘어갔다.
 "요새 카모 이야기를 쓰고 있어." 내가 말했다.
 루이가 물었다.

"애들이 알아?"

"아직 몰라."

"잘됐네, 그럼 오늘 우리 결합의 산물인 줄 알겠군."

그러곤 우리는 문제의 아이들에 대해, 각자의 아내, 이런저런 사람들, 그리고 모든 사람에 대해 얘기했다. 민과 그녀의 일본 약학 정복, 샤를로트와 마르세유의 문화정책, 뱅상과 이민법, 가족 모두가 반기는 크리스토포와 코랑틴의 만남, 카롤과 머리가 동글동글하고 눈이 날카로운 만화가의 만남, 카이나와 그녀의 쌍둥이 딸들의 넘치는 활력, 질의 장편 서사시 같은 중국 이야기, 로이크와 그의 요양소 건축, 마뉘와 그의 연극 순회공연, 교코와 모파상의 관계, 마침내 콤플렉스를 벗어던진 알렉스의 동성애, 늘 퀘벡과 인도와 멕시코를 오가는 롤프, 팡송의 흉내낼 수 없는 수수께끼 같은 악필, 루이와 내가 악기 소리에 귀기울이며 열정적으로 듣는 알리스의 음악, 점점 더 책을 많이 읽고 우리를 깨우쳐주는 안나, 륄의 단도직입적인 질문들, 이 모든 것에 대해 얘기했다. 륄은 조금 전에도 루이와 나에게 나이가 들면 어떤 느낌인지 물었다.

"두 분은 이제 어떤 느낌이 드세요?"

륄은 말을 할 줄 알게 된 뒤로 침착하고 끈기 있게 삶에 대한 탐구를 이어가고 있다. 나는 이 아이의 탐구심을 아주 좋아한다.

나는 물었다.

"어떤 관점에서 느끼는 점을 묻는 거야?"

"노화라는 관점에서요."

늙는다는 거? 늙는다는 게 무슨 뜻이냐면……

루이가 먼저 대답했다.

"몇 년이 몇 주처럼 흘러간다고 느끼는 거야. 너한테는 몇 주가 몇 년 같겠지만 말이다."

그리고 나는 이렇게 대답했다.

"하늘의 무게가 느껴지는 거지."

"대단히 활동적인 대답 대 사색적인 대답이네요." 알리스가 말을 덧붙였다.

"아니면 수학자의 직관 대 물리학자의 명제라고도 할 수 있지." 크리스토포도 의견을 내놓았다. "한쪽은 시간의 흐름을 대수적 진행으로 지각하고, 다른 쪽은 물리적 마모를 중력의 가중으로 경험하는 거야."

바로 그때 쌍둥이 자매가 부엌에서 불쑥 나타나더니 장차 어머니가 될 꼬마로서 권위를 보이며 한목소리로 말했다.

"자, 이제 할아버지들은 그만 방으로 가세요. 잠자리에 들 시간이에요!"

15

일단 가족에 대해 샅샅이 훑고 나면 루이는 화제를 바꾸었다.

"그래서, 그 새로운 카모 이야기는 무슨 내용이야?"

"있잖아, 우리가 어렸을 때, 빛의 홍수 이야기……"

아니, 루이는 알지 못했다. 그는 더는 알지 못했다. 나의 첫 번째 공인된 꿈을 기억하지 못했다. 우리의 수많은 야간 토론 가운데 이 액체 빛 이야기는 더이상 그에게 아무 의미가 없었다. 반면에 그는 나의 어머니가 내 꿈을 써보라고 권하면서 펠리니를 언급했던 건 기억했다.

"어머니가 펠리니를 좋아하셨지." 루이가 말했다. "아버지는 좋지도 싫지도 않으신 것 같았고. 내가 무슨 말을 하려는지 알지?…… 그분(페데리코)은 어머니의 그림을 아주 좋아했고. 모자 판매원을 그린 그림, 어머니가 그린 드레스며 모자들을 말야. '당신이 그린 모자들은 얼굴들을 상상하게 하는 것 같아요.' 그는 이런 말을 했다지. '당신이 그린 드레스들은 내 꿈의 몸들을 꿈꾸게 하고요.' 그때는 어머니가 뚱뚱한 부인들을 예쁘게 옷 입히기로 결심하신 시절이었잖아."

어린 시절에 대해서라면 루이는 언제나 나의 살아 있는 기억이다. 이날 저녁, 그는 수력발전소 부근에서 했던 트레킹에 대해 좋은 추억을 간직하고 있다고 회상했다.

"너희 아버지가 잠수를 가르쳐주신 날이잖아. 기억 안 나? 중력의 법칙을 뛰어넘는 탁월한 방법이라고."

수중 헤엄…… 그렇다…… 나는 그 감각에 대한 강렬한 기억을 간직하고 있었다. 아버지의 지시에 따라 잠수복을 입고 고압 공기통을 짊어진 뒤 호수를 등지고 오리발을 허공에 든 채 ("전문 잠수부들처럼!") 호수 속으로 뛰어들었을 때 느꼈던 중력으로부터의 그 해방감을. 물속에서 나는 전혀 무게가 나가지 않았다. 나는 유영했다. 그것은 새로우면서도 아득히 오래된 감각이었다. 마치 유영하는 것이 타고난 본성임을 발견하는 느낌이었고, 그에 비해 걷기는 우발적으로 생겨난 필연이자, 나아가 종의 편견처럼 보였다. 나는 평생 물속에서 보내리라고 생각했다.

"그렇지만 그후론 거의 잠수를 해보지 않았어." 나는 루이에게 말했다. "어쩌면 한두 번은 했으려나."

"넌 항상 그랬어. 감각을 반복하기보다는 감각에 대한 기억을 가꾸는 편이지. 내 생각엔, 그래서 네가 작가가 된 거야. 나는 매일 식탁을 차려야 하는 사람이거든."

졸음 때문에 그의 목소리가 늘어지기 시작했다.

"그래도 네가 물속에서 살아봤더라면 네 어깨 위 하늘이 덜 무겁게 느껴졌을 거야……" 그가 말을 이었다.

바로 이 말에서 계획이 탄생했다.

"아예 내일 가면 어때?" 루이가 제안했다. "애들 빼고. 가자! 큰 댐으로 돌아가는 거야. 오십오 년이 지나서, 상상이 가? 우리 둘이서만 가는 거야. 가서 잠수복, 오리발, 공기통 같은 장비는 빌리자고. 그리고 중력에서 해방되는 거지……"

루이와는 언제나 이런 식이다. 말하는 즉시 행동으로 옮긴다.

III
배경 문제

나는 눈을 가까이 댔다.
거기엔 이렇게 적혀 있다.
'Be careful.'
그런데 누구를, 무엇을 조심하라는 거지?

— 페데리코 펠리니, 〈일 그리포〉(1991년)

16

 우리의 어린 시절 이후로 당연히 그 장소는 많이 달라져 있었다. 지금은 호텔, 수영장, 부교, 수상스키 시설 등이 잔뜩 들어섰고, 산으로 에워싸인 둔치 둘레에는 아스팔트가 띠처럼 길게 두 줄로 깔려 있었다.
 "우리 어렸을 적엔 노새가 다니는 길이었는데." 루이가 말했다.
 저수지는 이제 큰 호수가 되었고, 폐쇄된 수력발전소는 그 호수 쪽으로 난 레스토랑이 되었으며, 댐은 나무 데크가 깔린 모래사장이 되었는데, 곡선을 이루는 드넓은 모래사장에 다이빙대 하나가 우뚝 서 있었고, 문신한 젊은 몸들이 그곳을 거닐고 있었다. 내가 벗은 젊은 몸을 본 건 오랜만이었다. 아하, 릴에게 노화의 영향에 대해 알려줘야겠어, 하고 나는 속으로 생각했다. 젊은 몸이 어떤 건지 더는 알지 못한다는 것! 그리고 저렇게 문신하는 이유도 물어봐야겠어. 모두가 한 몸처럼 문신했네. 개성을 갈망하는 저 획일적인 욕망은 대체 뭘까?

따지고 보면 나는 평생을 타인들에게 질문을 던지며 보냈다고 할 수 있을 것이다. 부모님에게는 사물과 식물, 동물의 이름을 묻고, 책들에는 약간의 의미를 묻고, 요즘 사람들에게는 그들의 습관에 대해 묻고……

17

 내 피부와 잠수복 사이에서 물이 데워지는 동안 모든 생각이 증발했다. 차가운 따귀를 한 대 맞고 나면, 금세 온 호수가 내 체온에 맞춰지는 느낌이 든다. 아버지와 함께하며 내가 처음 맛본 느낌은 바로 이랬다. 호수의 차가운 따귀를 얻어맞고 나서 양막을 제대로 누리는 법을 터득하고, 그러면서 모든 차원으로 움직이는 능력을 얻은 느낌. 중력에서 완전히 해방되는 것이다! 어떻게 나는 이 희열을 잊고 살았을까? 단 한 번의 기억과 천사의 몸을 맞바꿀 수 있었을까? 헤엄을 치는 사람은 물의 영원성 속에서 물고기처럼도, 새처럼도 아니고 천사처럼 움직이기에 하는 말이다…… 아무 무게도 느껴지지 않는 놀라움! 오, 이상적인 내 몸과의 이 재회! 그것은 시간의 소멸이기도 하다. 오, 깊이의 영원! 나는 아이처럼 놀기 시작했다. 난생처음인 양 공기 방울을 따라가고, 손으로 내 발목도 잡고, 재주넘기를 하고, 나사못처럼 제자리에서 빙글 돌기도 했다. 루이는 나를 쳐다보며 검지로 자기 이마를 쳤다. 그는 웃고 있는 듯 보였다. 나는 그에게 미소 짓기 위해 잠수할 때 마스크에서 물을 비울 때처럼 마스크를 살짝 벗었다. 그러면서 내가 그 동작을 잊지 않았다는 사실을 깨달았다. 아무것도 안 잊었구나, 내가 평생 잠수를 했더라면 나를 잠수부로 만들어주었을 동작을 하나도 잊지 않았어, 하고 생각했다. 그 모든 동작은 그대로 남아 있었다. 나는 자전거를 다시 탈 때처럼 자연스럽게 즉각 본능을 되찾은 것이다. 완벽한 여유. 천사의 자유. 중력 없는 영원. 세월의 무게여 안녕. 어린 시절의 고갈되지 않는 활력의 회복! 루이가 내 어깨를 치며 따라오라는 신호를 보내지 않았더라면 나는 이렇게 영원히 놀았을지도 모른다. 이번에 우리는 잠수를 정말 제대로 했다.

18

 나는 내 오랜 친구가 나를 물속 어느 정도의 깊이까지 데려갈지, 내가 다시 수면으로 올라오면서 여전히 절차대로 감압을 할 수 있을지 개의하지 않았다. 그저 수면도 바닥도 없는 것처럼, 이제는 비스듬히 쏟아지는 빛을 따르며 그 색채 속에서 살겠다는 듯이 나의 원소, 물속으로 뛰어들었다. 물속에서 나는 파란만장한 청소년기에는 한 번도 따라가보지 못했던 루이를 따라갔다. 나를 추동하는 건 나의 근육이 아니라, 오직 되찾은 나의 원소 속에 있으려는 욕망, 나이도 계획도 아랑곳없이, 절대적으로 그곳에 있겠다는 욕망이었다. 날 보고도 놀라지 않는 물고기들처럼, 내가 따라가는 끄리떼처럼, 꼼짝하지 않아서 품에 안을 수도 있을 것만 같던 잉어처럼…… 그곳에 있다는 감각 외에 다른 무엇도 없이, 마치 물속에서 펜도 종이도 없이 물에 녹는 말들로 글을 쓰듯이, 그 기분좋은 표현들 속에서 흡족할 뿐이었다.

내가 그렇게 물속 망상을 펼치고 있을 때 루이가 내게 뭔가를 가리켰다.

그의 손가락은 집요하게 무언가를 가리켰다.

19

 그것은 물에 잠긴 햇살을 받으며 부드럽게 일렁이는 회색 표면이었다. 처음에는 그것이 무엇인지 알아보지 못했다. 무엇보다 그 부동성에(물에 잠긴 것들의 부동성에……) 놀랐다. 루이가 깊은 곳에서 탐험을 이어가는 동안 나는 그쪽으로 다가가, 그 청회색 표면 위에 손을 올렸다. 아래로 부채처럼 펼쳐져 있고, 위쪽으로 갈수록 얇아지는 지붕 위의 커다란 청석돌 판이었다. 내가 보고 있는 것이 무엇인지 알아맞히기까지는 몇 초가 걸렸다. 그것을 물속에서 보다니 참으로 기상천외했다. 그것은 성당의 지붕이었다…… 종탑! 종탑 꼭대기의 십자가에는 피뢰침의 녹슨 전선이 여전히 이어져 있었다. 상승하기 위해 나는 공기를 들이마셨고, 내 폐가 본능적으로 밸러스트 기능을 되찾으면서 위로 다시 올라갔다.

십자가 위쪽으로 몇 미터만(기껏해야 2미터나 3미터) 올라가도 호수 수면이, 물의 끝이, 하늘의 덮개가 아롱거렸다. 문신한 젊은이들이 종탑 주변을 이리저리 돌아다녔다. 그들은 어뢰처럼 잠수했고, 작은 기포로 반짝거리는 그들의 몸은 병마개처럼 다시 튀어올랐다. 나는 그들이 젊음의 에너지로 분출되어 수면 위로 솟구쳐오르고 이내 다시 잠수할 준비를 하는 모습을 상상했다. 나처럼 고압 공기통을 진 늙은이들은 나처럼 종탑 입구를 통해 성당으로 들어갔고, 나처럼 그곳에 종이 없는 걸 확인하고는, 나처럼 나선형 좁은 계단을 뱅뱅 돌아서 내려가 이끼로 뒤덮인 문을 통과한 뒤 제단도 의자도 없는 드넓은 중앙홀로 빠져나왔다. 오늘 다시 이때를 생각하면 처음의 놀라움이 가신 뒤 정말로 나를 놀라게 한 건 수몰된 성당 안에서 헤엄치는 일이 아니라(어쨌든 큰 댐을 만들려면 어느 정도 희생이 따르지 않나), 문신한 몸들이 거기서 사진을 찍고 있었다는 사실이다! 나는 19세기 프랑스 전역 곳곳에 점점이 생겨난 수많은 성당 가운데 하나가 (그리고 아마도 성당과 더불어 마을까지) 이 댐에 희생되었다는 사실보다 보편화된 문신과 방수 스마트폰을 보고 더 놀랐다. 에케 Ecce 노년.• 많은 경험을 하고도 우리 늙은이들은—륄의 표현처럼—놀라움을 다스리지 못한다.

나는 루이가 나를 기다리고 있는 현관 쪽으로 헤엄쳐 성당 광장에서 다시 그와 합류했다.

• 보라, 이것이 노년이다.

20

 청석돌로 된 종탑을 내가 편암 종탑이라고 믿었던 사실 말고는 그 성당은 어린 시절 꿈속의 성당과 똑같았다. 비탈진 골목길이 양쪽으로 나 있고, 앞뜰은 광장으로 이어져 있었으며, 광장에는 목이 부러진 가로등의 뼈대가 여전히 서 있었다.

 내 꿈들에 대한 기억은 이토록 오래 남아 있는데, 낮 동안의 삶에서는 어째서 무엇 하나 기억하지 못할까? 이름, 얼굴, 주소, 약속, 기념일, 전화번호, 이것저것의 비밀번호, 소설이나 영화 제목, 사적 혹은 공적 사건, 내 책들에 필요한 자료, 계획과 약속, 나는 오래전부터 내게 유용할 수 있는 모든 걸 잊는다. 그런데 내 꿈들은 가장 오래된 것조차 언제든 떠올릴 수 있게 늘 내 기억 속에 자리하고 있다. 태생적으로 건망증이 심한 나는 녹슬지 않는 꿈을 꾼다. 사소한 일에도 꿈들이 떠오른다. (산속 호수에 수몰된 성당을 사소한 것으로 분류하긴 힘들겠지만.) 어떤 사소한 사실이 기억을 불러일으키면 내 꿈들은 우리가 우리의 기억에서 떼어놓지 못하는 어린 시절의 색종이만큼이나 끈질기게 되살아난다.

루이가 내게 따라오라는 신호를 했다. 내게 보여줄 구체적인 무언가가 있는 모양이었다. 등을 뒤로 약간 젖히고 두 팔을 흠잡을 데 없는 몸에 나란히 한 채 오리발을 살랑살랑 저으며 성당 주변을 이리저리 맴도는 문신한 젊은이들 틈에 있는 루이를 향해 나는 헤엄쳤다. 대개는 연인들이었다. 남자가 어떤 것을 여자에게 보여주었다. 여자는 갑자기 속도를 올려 남자를 어딘가로 이끌었다. 그들의 관심은 호기심을 끄는 대상에 단 몇 초밖에 머물지 못했다. 그들은 물고기들처럼 꼼짝도 하지 않다가 별안간 방향을 틀어 새롭게 감탄할 거리를 찾아 나섰다. 마치 바라보는 놀이를 하고 있는 것 같았다.

내가 다가가자, 루이는 자신이 방금 이끼를 긁어낸 길 표지판을 보여주었다. 휴식로. 그랬다. 성당 건너편은 의심할 바 없이 평화로웠다. 그리고 두 비탈길을 따라 가면 묘지 담장이 나왔고, 묘지 안에는 빈 무덤들이 있었으며, 구덩이 옆에는 묘석이 놓여 있었다. 죽은 사람들을 마을이 수몰되기 전에 이장한 모양이네, 나는 생각했다. 죽은 이들이 이 수몰을 면한 유일한 생존자들인 것 같았다.

21

나는 루이가 내게 거짓말을 했다는 결론을 내렸다. 그는 내 어린 시절의 꿈을 완벽하게 기억하고 있었고, 나를 우연히 이곳으로 데리고 온 것이 아니었다. 그는 이 수몰된 마을의 존재를 알고 있었다. 오랫동안 이 일을 준비했고, 날짜를 골랐으며, 장비를 대여했고, 잠수 시간을 예약해둔 것이다. 아주 루이다운 일이었다. 그는 놀라운 일이 가득한 삶만이 가치 있다고 생각했다. 둘이 함께한 어린 시절에 내가 꾼 꿈의 실제 배경 속으로 끌어들이는 것보다 나를 더 놀라게 할 일이 있을까? 산속 전기의 필요에 따라 희생되어 바닷속 디즈니랜드로 변한 이 마을을 반세기 후에 내게 보여주는 거지. 그러면 경탄은 확실히 보장되는 것이다.

나는 또 생각했다. 우리가 물 밖으로 나가면 루이는 소멸의 단계들을 꾸준히 밟아가는 치명적인 우리의 문명에 대해 분개할 것이다. 나는 이 주제에 관한 그의 담론을 잘 알고 있었다. "우리가 죽어가는 걸 지켜보는 게 우리 오락의 본질이야. 마을 하나를 수몰시킨 뒤 그걸 놀이공원으로 만들고, 기후를 망가뜨린 뒤 블록버스터 재난영화를 만들고, 전쟁은 곳곳에서 픽션을 끓여대는 가마솥이고, 우리는 우리 자신의 내장을 '오락'이라는 소스에 요리하고 있다고. 그러면서 우리의 기억과 경각심이라는 이름을 내세우지. 아! 우리의 경건한 기억! 아! 흠잡을 데 없는 우리의 경각심!"

항생제의 발견, 전염병의 종식, 인구 폭발, 모두를 위한, 또는 거의 모두를 위한 식량, 보편화된 통신, 현저한 수명 연장 등을 내세워 그에게 반박해도 아무 소용이 없었다. "그래! 우리는 배가 부른 채 죽을 거라는 걸 아는 수많은 노인이 되겠지. 그렇고말고!"

그는 과로로 지쳤을 때 이런 종류의 담론을 내놓곤 했다.

22

 그렇다면 아버지는? '어마어마한 트레킹'을 계획할 당시, 이미 수몰된 마을의 존재를 알고 계셨을까? 만약 그랬다면 왜 아버지는 오늘의 문신한 젊은이들처럼 우리에게 종탑 위로 잠수하라고 하지 않았을까? 마지막 순간에 생각을 바꾸신 걸까? 당시에는 이곳이 오락거리로 정비되지 않아서 사고가 날까 겁이 나셨던 걸까? 어머니에게 물어보셨을까? 어쨌든 그때가 우리의 첫 잠수였으니까. 너무 위험해서? 어쩌면 다음에 하려고? 어쩌면 아버지가 수몰된 마을의 정확한 위치를 몰라서(그걸 찾기 위해 아버지는 아마도 옛날 지도를 찾아보았을 것이다) 우리가 너무 먼 곳에 잠수하게 된 걸까? 아버지는 안내자 물고기로서 앞장을 서고, 어린 물고기인 우리는 그 뒤를 따르며 헛되이 아틀란티스를 찾았던 걸까……

23

 어쨌든, 어쨌든, 우리 부모님이 나를 데려가려는 곳이 어떤 곳인지 미리 알고 계셨다면, 내가 내 꿈을 이야기하는 동안 나에 대해 무슨 생각을 했을까? 두 분은 조용히 내 말을 듣기만 하셨다. 이동하는 내내 암묵적 합의하에 아무 말 없이 목적지에 대한 비밀을 지켰다. 그렇다면 내 꿈에 대해서는 무슨 생각을 했을까? 이 아이는 예언자인가? 우리가 예지 능력을 가진 아이를 낳았단 말인가? 우리가 가고 있는 마을은 분명히 액체 빛에 수몰된 곳이잖나! 내 꿈속에서 짐을 잔뜩 싣고 이리저리 연신 달려가던 자동차들은 분명히 죽은 빛의 쓰나미를 피해 도망치고 있었다! 대단히 은유적인 예지몽이었고, 아들이 간밤에 꾼 꿈 얘기를 하는데 사실 문제의 그 꿈이 펼쳐진 바로 그 장소로 아들을 데려가는 중이었던 것이다. 그날 아침 부모님은 나를 천재로 간주하지는 않았겠지만, 적어도 내가 엄청난 괴짜라는 건 인정했으리라! 몽상가 중의 몽상가로! 이걸 펠리니에게 말해야 하지 않을까? 여보, 어떻게 생각해? 이 아이를 페데리코에게 소개해야 할 것 같지 않아? 얘가 작가가 될 운명이라면 더더욱 말이야! 페데리코는 아주 호의적이고 진솔한 사람이니까 그라면 이 아이를 기꺼이 받아주고, 온후하고 상냥한 자기 방식대로 이끌어줄 수 있을 거야…… 게다가 그는 꿈에 대해 잘 알잖아. 그는 자기가 꾼 꿈을 모두 글로 적고 그림으로 그릴 뿐 아니라, 베른하르트 교수와 꿈 얘기도 해. 페데리코는 어쩌다 꿈을 꾸는 일요일의 몽상가가 아니라, 꿈이 곧 삶이라는 걸 아는 사람이야. 그래, 당신 말이 맞아. 하지만 우리 아이 일로 펠리니를 성가시게 하진 말자고. 그분을 찾는 사람이 너무 많잖아. 그분에게 들러붙는 사람이 얼마나 많을지 상상이 가? 펠리니의 팬들이 모두 페데리코를 만나길 꿈꾼다고. 그분을 귀찮게 하지 않는 게 좋지 않겠어? 당신은 그분과 함께 일하는 경이로운 행운을 이미 누렸잖아…… 자연스럽게 흘러가도록 한번 놔둬보자고. 나중에 봐서 어쩌면. 얘가 확실히 재능을 보이면……

결국 나는 내가 가장 좋아하는 영화 예술인인 페데리코

펠리니를 한 번도 만난 적이 없다. 그의 영화를 전부 보았고, 그것도 한 번이 아니라 스무 번쯤 보았지만, 한 번도 만나지는 못했다. 그의 별세 소식을 듣게 된 날, 나는 묘한 죄책감을 느꼈다. 표절자의 가책 같은 느낌이랄까. 펠리니가 자신의 경이로운 이미지 동굴을 내게 열어주었는데, 그가 영화 촬영을 중단하고, 따라서 나를 매혹하길 중단하자, 나는 내가 그를 죽게 내버려둔 것만 같은 마음이 들었다. 즐기고 배반하기, 바로 이것이 내가 그에게 한 짓이었다. 아니야! 맞아! 아니라니까. 기억해봐, 너희 엄마가 너를 펠리니에게 소개해주지 않았잖아. 넌 한 번도 그를 안 적이 없어. 유다가 골고다 언덕 주변을 배회하듯이 네가 그의 수의壽衣 주변을 맴돌 아무런 이유가 없다고!

24

 그러므로 이제 루이와의 수중 산책에는 우수의 물결 같은 것이 따라다녔다. 내가 페데리코 펠리니를 만나볼 수도 있었을 텐데! 그의 꿈이 영화로 변모하는 과정을 지켜볼 수도 있었을 텐데. 치네치타의 알록달록한 물속을 헤엄쳐볼 수도 있었을 텐데. 그 유명한 스튜디오 5에서 마스트로이안니*의 모호하고 조금은 졸린 듯한 미소를 보며 그곳을 유영할 수 있었을 텐데…… 육감적인 메두사 같은 아니타 에크베르그**를 향해…… 순한 곰치 같은 마갈리 노엘***을 향해…… 〈아

---

* 1960년 펠리니가 연출한 〈달콤한 인생〉에 출연하면서 세계적인 스타로 떠오른 이탈리아 배우 마르첼로 마스트로이안니.
** 〈달콤한 인생〉에서 실비아 역할로 유명해진 스웨덴 배우.
*** 〈달콤한 인생〉에 출연한 프랑스 가수이자 배우.

마코드)의 전설적인 담뱃가게 여주인 마리아 안토니에타 벨루치의 가슴 사이로 뱀장어처럼 미끄러들 수 있었을 텐데. 페데리코가 더는 영화 촬영을 하지 않게 되었을 때 그의 기분을 북돋아줄 수 있었을 텐데…… 무엇보다 그가 말년에 이르러 나이(지금의 내 나이다)와 수면제 때문에 더는 꿈을 꾸지 않았을 때 말이다. 어머니가 나를 페데리코 펠리니에게 소개만 해주었더라면 내가 이 모든 걸 다 할 수 있었을 텐데!

그러는 대신 이렇게 관광객용 수족관에서 물고기들과 놀고 있다니. 우리 주변의 문신한 젊은이들 가운데 누구도 페데리코가 누구인지 알지 못한다는 데, 그가 존재했다는 사실조차 알지 못한다는 데 내 손목을 걸 수도 있어, 나는 생각했다.

"릴, 나의 귀여운 릴, 너한테만 하는 말인데, 늙는다는 건 말이다, 더는 누구도 페데리코 펠리니를 알지 못한다는 사실을 확인하는 거란다."

그러면 릴은 아마도 타고난 대칭 감각을 발휘하며 이렇게 응수할 것이다.

"그리고 요즘 젊은 영화감독들의 이름을 모르는 것이고요."

25

 얼마 후 한 가지 욕구가 생겨났고, 그걸 채우면서 우리의 수중 산책은 끝이 났다. 말하자면 갑작스러운 끝이었다. 나의 호기심을 끝까지 채워보려는 욕구였다. 루이는 내게 엄청난 선물을 했다. 자기 꿈 중 하나의 배경이 되는 곳에 가보고, 의식이 명료한 상태로 꿈속 현실로 잠수할 기회는 누구에게나 주어지지 않는다. 내가 할 수 있는 최소한의 일은 이 상황을 마음껏 누리고 꿈 연구에 공헌하는 것이다. 그 어린아이의 꿈이 무엇으로 이루어졌는지 좀 보자고. 오늘 그 꿈속 현실의 일부가 내 눈앞에 펼쳐져 있으니까. 보자고. 파보자고. 세세히 들여다보자고. 범죄 현장을 조사하는 경찰관만큼 꼼꼼히. 배경을 체계적으로 부검하는 일부터 시작해보자고.
 휴식로와 평화로, 좋아, 이곳의 길들은 실제로 내 꿈속의 길들과 이름이 같군. 좋아.

길은 꽤 비탈이 졌고 성당 광장 쪽으로 나 있군. 그래.

성당은 묘지를 등지고 있고. 좋아.

홍수가 묘지까지 덮치지는 않았지. 사실이야.

광장 한가운데에 가로등이 있고. 정확해.

가로등 목이 부러진 것도 맞고.

그러니까 어린 시절의 나는 실제로 존재했던 마을이 수몰되는 꿈을 꾸었고(나는 그 마을을 도시로 생각했다), 우리가 늙어버린 오늘, 루이는 내가 그 마을에 와볼 수 있게 해준 것이다. 어떻게 이런 일이 가능했을까? 그건 나중에 생각하고. 우선은 보자, 보자고.

이것이 나의 마음가짐이었다.

나는 루이 혼자 돌아다니게 내버려두고 평화로를 다시 내려가 모퉁이에 자리한 담뱃가게까지 갔다. 내가 다시 내려간다고 말한 건 길이 내리막이었기 때문이다. 나는 하늘에 직선을 하나 긋듯이 간판을 향해 곧장 헤엄쳤다. 의심의 여지가 없었다. 분명히 평화 담뱃가게였다. 내 꿈에서는 이 담뱃가게의 빨간 간판이 반짝였었다. 물론 간판은 흔적도 없다. 벽에 박힌 고철 막대만 남아 있었다. 형광색 수영복을 입고 불이 깜빡이는 오리발을 착용한 어린 여자애가 그 녹슨 막대 주변에서 뱀장어처럼 몸을 말며 놀고 있었다. 저러다 긁히겠네, 나는 생각했다. 저 금속 잔해를 폴리스티렌이나 시간과 물에 끄떡없는 합성 스펀지로 감싸야겠어. 그러지 않으면 부상과 소송이 이어질 거야. 뱅상이 저 여자애나 이곳 관광업체의 변호를 맡게 되겠네. 폴리스티렌이라니 세상에나! 게다가 성당의 피뢰침도 위험해. 문신한 청년이 저 꼬챙이에 찔리겠어. 그런 사고는 일어날 거야. 피할 길 없어. 크리스토포라면 이건 순전히 확률의 문제라고 말하겠지. 그런 일이 아직 일어나지 않은 게 기적이야. 조만간 한 아이가 너무 깊이 잠수했다가 꽥, 하게 될 거야. (그러고 보니 우리말에는 사람이 꼬챙이에 꿰일 때 쓸 만한 의성어가 없네.)

이런 생각에 잠겨 있다가 나는 어린 시절의 꿈속에서 내가 집밖으로 나설 때 이용한 창문이 길 저편에 열려 있는 걸 보았다. (그 집은 물론 우리집이 아니었고, 그 길도 우리집 앞길이 아니었으며, 그 마을도 우리 마을이 아니었다.) 나는 생각했다. 한 번도 본 적이 없는 이 수몰된 풍경을 내가 알아보다니. 이게 지금의 상황이야. 그리고 그 상황―맞은편 인도를 향해 열려 있는, 분명히 존재하는 집 1층의 저 창문―은 나를 상상하기 힘든 호기심의 상태로 몰아넣었다. 알고 싶은 욕구를 이토록 강하게 느낀 적이 없었다. 이토록 확인하고 싶은 욕구를. 비할 데 없는 진실에 대한 요구를. 꿈속의 집으로 정말 들어가보기! 오십 년도 더 전에 꿈에서 이용했던 저 창문을 통해서! 이런 유혹을 누가 느껴보았을까? 이런 유혹을 누가 견딜 수 있을까? 어린아이의 호기심이 태어나려는 찰나였다! 죽어가던 사람이 별안간 빛 쪽으로 열리는 문을 보고 갑작스레 안도하는 것! 그 열린 창문 앞에 선 나의 마음 상태가 그랬다. 언뜻, 나는 생각했다. 영화에서 이런 순간을 보여줘야 한다면, 알리스라면 어떤 음악을 작곡했을까. 그러다 나는 호기심에 이끌려 부모님 방 창문으로 돌진했다.

26

 나는 부모님의 정돈된 침대, 밤공기에 나부끼는 커튼, 옷걸이에 걸린 실내 가운을 보게 되리라고 생각하지는 않았다. 물론 방은 비어 있었다. 수몰된 물건들로 가득찬 공허. 그렇지만 나는 그곳에 있었다. 그곳은 분명히 나의 부모님의 방이었다. 의심의 여지가 없었다. 나는 부재의 끔찍한 고통에 심장이 죄어드는 걸 느끼며 사방 벽 가운데에 멈춰 선 채, 기억처럼 꼼짝없이 머물러 있었다. 흐느낌이 새어나왔고, 슬픔의 기포가 터지면서 잠시 사물들의 윤곽이 흐려졌다. 조금 후 나는 애써 옆방으로 건너갔다. 그곳은 거실이었다. 거기도 비어 있었다. 다만 물결치는 해조류에 잡아먹힌 앙상한 텔레비전 뼈대만 빼고는. 하지만 충격적인 기억은 다른 곳에 있었다. 거실 안쪽에 계단이 있었는데, 내 트레킹 장비들을 쓸어가던 꿀과 금 폭포가 흘러내리던 그 계단이었다. 계단 맨 위 층계참은 우리 방문 쪽으로 이어져 있었다. 방문은 닫혀 있었다. 어서 열어보라는 듯이. 공포영화에서처럼 말이다. (공포영화 속 불안감을 조성하는 계단에 관해서라면 박사논문도 쓸 수 있을 것이다…… 관객에게 심장을 콩닥이며 계단을 올라 어린 시절로 통하는 문을 열어보라고 추동하는 상황 말이다.) 나는 계단을 걸어올라가지 않았고, 아무 동작도 하지 않고 층계참 높이까지 이르기 위해 내 폐에 공기를 채웠다. 그러곤 문으로 다가가면서 생각했다. 내 꿈속에서 헤엄치고 있어. 문고리를 쥐면서 생각했다. 나는 내 꿈을 만지고 있어.

손잡이를 돌렸다.

그 동작을 하자마자 우리의 수중 트레킹은 갑작스레 끝이 났다.

27

왜냐하면 그 방에서 루이를 만났기 때문이다. 그런데 열한 살의 루이였다. 그애는 내게 1프랑짜리 동전을 보여주었다.

내가 외쳤다.

"하지 마!"

너무 늦었다. 그애가 막 동전을 빛 인출기에 집어넣은 것이다. 대리석 벽난로 위에 놓인 성세바스티아누스의 후광이 마치 공작의 꼬리가 펼쳐지듯 빛나면서 온 방안이 환해졌다.

나는 외쳤다.

"너 정말 바보구나! 우리 할머니 집엔 벽난로가 없다고! 그리고 성세바스티아누스도 없어! 너 진짜 짜증나! 네가 모든 걸 망쳤어!"

나는 길 잃은 아이처럼 흐느끼며 외쳤다.

Ⅳ
페데리코 펠리니, 『꿈의 책』

이 글을 잘 들여다보면
이 안에서 나의 모든 예술과
나의 모든 영화를 발견하게 될 거야.
—
페데리코 펠리니가 빈첸초 몰리카에게
『꿈의 책』

28

 나의 옛 제자 중 하나가 우연히 이 글을 보게 된다면 응당 나한테 이렇게 소리칠 것이다.

 "아, 선생님, 꿈 이야기를! 같은 책에 두 번이나 쓰시다니! 우리한테 작문 주제를 내주실 때 이런 꼼수는 못 쓰게 하셨잖아요. '꿈 꼼수는 쓰지 마라, 알았지! 그렇게 뒷문으로 빠져나갈 생각은 하지 마. 내가 몽둥이 들고 그 문 뒤에 서 있을 거니까!'"

 그래, 맞아, 너희 말이 옳아. 나는 너희와 그런 전쟁을 벌여왔지. 너희에게 수도 없이 똑같은 소리를 했어.

 "꿈도 안 되고, 외계인도 안 되고, 환각도 안 되고, 마술도 안 되고, 최면에 걸리는 것도 안 되고, 곤드레만드레 취하는 것도 안 돼. 나는 상상력 풍부하고 명철한 과제물을 읽고 싶단 말이다, 알아들었어? 현실을 담으란 말이지! 현실에 쓸 게 얼마나 많은데!"

그러나 어쩌겠니? 이 두 번의 꿈을 실제로 분명히 꾸었으니. 난 이 꿈들을 두 번 다 꾸었단다. 꿈속엔 같은 주인공이 등장했고. 수십 년의 간격을 두고, 두번째 꿈은 첫번째 꿈에 대한 분석 같았지. 분석적인 꿈을 어떻게 안 믿겠니? 또다시 꿈을 꾸고 있는 거라고 일 초라도 의심할 수 있겠어?

그래서, 루이의 말로는, 내가 깨어나면서 분노의 고함을 질렀다고 한다.

루이는 침대 끝에 쪼그려 앉아 있었다.

"젠장, 난 네가 나한테 달려드는 줄 알았잖아!"

이 수중 산책은 전혀 일어나지 않았다. 제안받은 적조차 없었다. 우리는 똑같이 생긴 침대에서 깨어난 멍한 두 늙은이였다. 우리의 파자마는 몹시 후줄근했다. 나는 환기를 위해 창문을 열었다.

"댐 말인데," 루이가 말했다. "작년에 거기 들렀는데 하나도 안 달라졌더라고. 전과 똑같은 조야한 시멘트 덩어리고, 그 우중충한 덩어리가 진흙 둔치 풍경을 압도하고 있더라고. 정말이지 침울했어. 네게 죽도록 원한을 품고 있지 않고야 거기서 잠수하자고는 못할 거야. 호수 수면에 물고기들이 둥둥

떠다니더라니까."

내가 정신을 차리는 동안 온 집안 식구들이 깨어났다. 커피와 구운 빵 냄새가 풍겨왔다. 사발과 접시가 부딪치는 소리도 들려왔다.

누군가 우리 문을 긁었다. 쌍둥이 자매였다.

"할아버지들, 일어나세요. 일어날 시간이에요."

그러고는 킥킥거리며 계단을 달려내려갔다.

29

"할부지, 카모 이야기 다 썼어요?"

밀라와 노라는 내가 식탁 앞에 앉자마자 질문을 던졌다. 가족 조합을 대표하는 질문이었다. 밀라와 노라는 다른 구성원으로부터 위임을 받았다고 느끼는 모양이었다.

"하룻밤에 책 한 권을 어떻게 쓰니." 내가 대답했다.

"아고, 기분이 별로 안 좋으시네요, 할아버지." 뱅상이 말했다.

"꿈을 꾸셨어." 루이가 말했다.

"당신, 꿈꾼 지 오래됐잖아." 아내가 평했다.

"말년에는 펠리니도 더는 영화를 못 찍고, 꿈을 꾸지 못한다고 투덜거렸지." 내가 말했다.

이 느닷없는 말을 해놓고 나는 커피를 한 모금 마셨다.

알리스가 물었다.

"그 유쾌한 꿈은 무슨 내용이었어요?"

나는 짧게 요약했다.

"그게 다예요?" 팡숑이 물었다.

"내가 성세바스티아누스 후광에 불을 밝혀서 모든 걸 날려버렸지." 루이가 말했다.

"다른 꿈들에선 절대 그러지 마세요." 크리스토포가 대화를 마무리지었다.

30

 망쳐진 꿈들…… 그런 꿈들이 남긴 인상을 우리가 제어할 수만 있다면 좋으련만. 그날 아침 나는 나의 수중 관광 이야기 속으로 모두를 즐겁게 끌어들이고, 내 꿈 이야기를 할 때 대개 그러듯이 사건을 미화할 수도 있었을 텐데. 저마다에게 한 가지 역할을 부여하면서 말이다. 이를테면, 릴, 댐 모래사장에서 널 봤어! 여자애들이 우수수 떨어지는데, 넌 다이빙대 꼭대기에 마리아상처럼 서 있었지. 마오리족 럭비선수처럼 한 문신이 아주 멋지던데. 밀라와 노라, 너희도 보았지. 둘 다 귀여운 오리발을 끼고 커다란 공기통을 메고 있었어. 너희는 수몰된 성당 안에서 사진을 찍었지. 안나, 담뱃가게 간판을 돌고 있던 게 너였지, 그렇지? 네가 말을 참 안 듣는다는 건 너도 알거다. 잠수할 때 녹슨 고철을 조심하라고 몇 번이

나 얘기해야겠니?

 그러나 그날 아침 나는 그럴 기분이 아니었다. 그 긴 꿈의 서사시―빛의 홍수, 수몰된 마을 탐험, 어린 시절의 창문을 통한 귀가―가 내게 남긴 건 깊고 잠잠한 슬픔뿐이었다. 무엇인지 알아보기 힘든, 무척이나 당혹스러운 감정이었다. 그 일을 겪고 나는 그 슬픔에 말문이 막혔다. 펠리니가 더는 꿈을 꾸지 못했다니. 이것이 내 꿈이 남긴 잔재였다. 이것이 지배적인 인상이었다. 페데리코 펠리니는 더이상 꿈을 꾸지 못해 죽었다. 바로 이 감정이 나의 물 사이사이에 고여 있어 나는 떠오를 수가 없었다. 그 고통의 무게에 눌려 수면으로 다시 올라갈 수가 없었다. 꿈이 삶 자체였던 그 사람은 더는 꿈을 꾸지 못해서 죽었다.

31

그후 한낮에 (우리는 둘이서 헛간에서 활을 쏘고 있었다) 륄이 내게 물었다.

"그 펠리니라는 사람이 누구였어요?"

"내가 좋아하는 영화 예술인이지."

"네, 그런데 누구였냐고요."

32

 "페데리코 펠리니는 세계적인 이탈리아 영화 예술인이었어. 네 증조할머니가 1960년대에 그분과 함께 일을 좀 하셨지. 어렸을 적에 나는 네 증조할머니가 침대 위에 걸어둔 펠리니의 꿈 아래에서 매일 밤 잠이 들었어. 삼십 년 동안 펠리니는 자신이 꾼 모든 꿈을 그리고, 색칠까지 했단다. 그런 다음 그걸 모아 커다란 책 한 권을 만들었어. 이탈리아어로 '꿈의 책'(프랑스어로는 '내 꿈의 책'이라고 번역되었지). 저 책장에 꽂혀 있어. 릴, 그걸 좀 가져다주렴. 조심해, 무거우니까. 고맙구나. 자, 봐봐, 펠리니는 잠에서 깨자마자 꿈을 그렸어. 그리고 손에 닿는 아무거나 쥐고 색칠했지. 색연필, 구아슈•,

• 물에 녹는 아라비아고무를 섞은 불투명한 수채 물감, 또는 그 물감을 써서 그린 그림.

일반 수채 물감, 볼펜, 사인펜, 손가락에 잉크를 직접 찍어서 칠하기도 했고, 재료가 뭐든 상관 안 했지. 색칠이 끝나면 그림을 그리고 남은 여백에다 글을 썼어. 그래서 모든 페이지가 이미지와 글로 꽉 들어차 있는 거야. 보이지? 곧고 빠르게 쓴 작은 글씨가 여백을 빼곡히 채우고 있잖아. 꿈이 만들어내는 이미지 주변을 감각이 에워싸는 것처럼 말야. (우리의 꿈은 달걀처럼 꽉 차 있어. 너희는 그걸 알아차렸니? 이미지와 감각이 속을 가득 채우고 있지. 공허가 있을 자리는 없어. 꿈속에서 우리는 공상에 잠기지 않잖아.) 봐봐, 여기는 글씨가 기울어져 있어. 이건 그가 더 빨리 썼기 때문이야. 그는 엄청 바빴으니까. 뭔가 급히 할 일이 있었던 거겠지."

"펠리니 감독님, 얘기 좀 나눌 수 있을까요?"

"페데리코, 자네가 필요해!"

"마에스트로, 와서 좀 봐주세요!"

"페데리코, 보트 시퀀스에서 엑스트라를 몇 명이나 쓸까? 자네가 어제 마음을 바꿨잖나."

"펠리니 감독님, 의상이 도착했어요. 잠깐 와서 보시겠어요?"

"마에스트로, 프랑스인에게서 전화가 왔는데요, 뭐라고 할까요?"

"페데리코, 엑스트라들이 와 있는데 어쩌지?"

모두가 그를 불러대고, 시간은 촉박하니, 그의 펜이 내달린 거지. 속도 때문에 글씨가 종이 위에서 점점 더 누웠잖아. 이른아침에 우리는 투스콜라나를 거쳐 로마로 왔다. 치네치타의 스튜디오 5는 벌써 벌집처럼 붕붕거리고 있다……

"페데리코는 어디 있어?"

"저기 크레인 밑에 앉아서 마지막으로 꾼 꿈을 적고 계세요. 그걸 그리겠다고 제작노트를 갖다달라고 하셨어요."

33

 치네치타의 스튜디오 5야말로 펠리니의 진정한 집이었다. 그곳이 그의 두뇌였다. 그가 꾼 꿈의 이미지들이 그곳에서 영화로 탄생했다. 그곳에서 그는 내가 가장 좋아하는 영화들을 촬영했다. 〈달콤한 인생〉〈팔과 이분의 일〉〈로마〉〈인터뷰〉〈그리고 배는 항해한다〉. 특히 〈아마코드〉는 로마냐 방언으로 '나는 기억한다'를 의미한다. A m'accord, io mi ricordo, 나는 기억한다. 나는 이 영화를 너무도 여러 번 봐서 장면 하나하나를 기억한다. 심지어 꿈까지 꾸었다.

 펠리니가 영화를 촬영하는 세트장은 그가 그림을 그리는 종이와 흡사하다. 그 위에서는 모든 게 일어날 수 있었다. 그는 폭우가 쏟아지게도 했고, 대양의 파도가 몰아치게도 했고, 코끼리떼가 울게도 했다. 거기서는 대서양 횡단 여객선

들이 항해하는 것도 볼 수 있었고, 장갑함들이 침몰하는 것도, 해가 지는 것도, 달이 뜨는 것도 볼 수 있었다. 그곳에 그는 베네치아의 운하도 팠고, 폭죽을 터뜨려 불꽃놀이도 했다. 식탁에 자리한 떠들썩한 로마 사람들은 바깥으로 나가 발코니 아래에서 파스타를 먹었다. 발코니는 비는 적이 없었다. 스튜디오 5는 그랬다. 그는 〈아마코드〉를 촬영하기 위해 그곳에 자신의 어린 시절의 도시인 리미니를 다시 세웠다. 그리하여 스튜디오 5는 그의 첫 기억에 새겨진 모든 얼굴로 북적였다.

펠리니는 사람들에 에워싸여 사는 사람이었다.

그가 그리는 인물들 대부분은 그가 영화를 만들기 전부터 그의 안에 깃들어 살던 이들이다. 그는 그들에 대한 꿈을 꾸었고, 『꿈의 책』에 그들을 그려넣거나, 상상해서 식탁보 귀퉁이에 스케치했다. 연필을 세 번 정도 쓱싹 하면 누군가가 탄생했다. 그 누군가, 그의 머릿속의 그 얼굴을, 그는 나중에 실제 삶에서 찾아내어 등장인물로 만들었다.

따라서, 그는 매번 촬영을 시작하기 전에 신문에 공고를 냈다. 페데리코 펠리니는 누구든 맞이할 준비가 되었으니 그를 만나고 싶은 분은 오세요. 그러면 치네치타 스튜디오 5에는 펠리니의 영상이 되길 꿈꾸는 사람들이 구름처럼 몰려들었다. 대개 희망을 가득 품고 사진을 동봉한 편지를 미리 보내기도 한 사람들이었다. 풍만한 몸매의 여자들, 보란듯이 무사태평한 젊은이들, 주위를 맴도는 파파라치들, 노래하는 광대들, 뇨키 잘 만드는 엄마들, 소란스러운 아이들, 허풍쟁이 아빠들, 포마드 바른 속물들, 빽빽거리는 걸인들, 치명적으로 매력적인 여자들, 마을의 바보들, 불안한 제작자들 같은 인물들, 우스꽝스러운 교육자들, 느릿느릿한 성직자들…… 모두가 스튜디어 5의 문으로 달려왔다. 그들은 페데리코 펠리니가 그 스튜디오에서 기다리는 인물이 눈앞에 나타나는 기적을 모색한다는 걸 알고 있었다.

이따금 기적이 일어났다. 펠리니가 어떤 인물을 상상했는데, 바로 그 인물이 나타난 것이다! 그의 눈앞에! 알렐루야! 필요한 경우 그는 그 인물의 이마에 무사마귀 하나를 더했고, 코 위에 종기를 하나 얹었다. 내 영화 세상의 시민들이여 환영합니다! 〈길〉에, 〈비텔로니〉에, 〈로마〉에, 〈아마코드〉에, 〈팔과 이분의 일〉에, 〈인터뷰〉에 오신 걸 환영합니다! 환영해요! 환영합니다!

행여 그들이 말할 줄 모르거나 대사를 외우지 못해도 상관없었다.

"지지, 자네는 숫자만 세면 돼! 자, 지지, 카메라가 돌아가면 숫자만 세. 평소에 말하듯이 숫자를 세, 이를테면 성난 말투로 세어봐. 십, 십일, 십이, 성을 내라고, 그래, 아주 좋아. 십삼! 십사! 이젠 감탄한 말투로 해봐. 삽십일만팔천이백오십삼…… 감탄조로. 그래, 318,253! 좋아, 지지, 완벽해. 대사는 잊어, 잊어버려, 걱정 말고, 그냥 숫자를 세기나 해. 진짜 말은 나중에 완성될 거야. 말은 다른 문제지. 말은 의미이고 복잡해. 세밀한 거야. 나중에 녹음 작업을 할 거야. 게다가 필요하면 자네 목소리가 아니라 다른 목소리를 입히면 돼."

34

 내 안의 선생 정체성이 주도권을 잡았다. 이번 휴가는 그저 페데리코 펠리니에 관한 긴 수업이 될 것이다.

35

"그런데 할아버지의 꿈 말이에요." 륄이 내게 물었다. "할아버지의 엄마가 할아버지의 침대 위에 걸어두었다는 꿈 말이에요, 그건 어떤 내용이었어요?"

"말하자면 플라톤의 철학이 담긴 꿈이었지. 펠리니는 그 그림에 영화가 상영되는 순간 극장 밖에서 일어나는 일을 정확히 표현하는 영화에 대한 꿈을 묘사했어. 일식, 번쩍이는 번개, 폭풍우, 집중호우, 격류에 잠긴 길들, 도시의 완전한 침수, 그리고 물이 빠지고 난 뒤 파괴된 집들 위로 내려앉은 저녁 무렵의 긴 정적. 페데리코와 그의 아내 줄리에타•는 폐허를 배회했어. 개 한 마리가 떠돌아다녔고. 〈아마코드〉에서 아

• 줄리에타 마시나. 이탈리아 영화배우로, 펠리니가 만든 다수의 영화에 출연했다.

이들이 폭죽을 터뜨릴 때 다리 사이로 꼬리를 감추고 달아나던 개들 중 한 마리였어. 그 개는 마에스트로와 다시 촬영하는 영광을 누린 거지.

36

그렇다, 『꿈의 책』은 그해 여름 우리에게 아주 유용했다. 우리라 함은 어른들을 가리킨다. 아이들이 꿈을 그리며 보낸 평화로운 여름이었다. 개중에 글을 쓸 줄 아는 아이들은 그림 주변에 삐뚤빼뚤 글을 써넣었다.

"펠리니처럼!"

아이들은 전날 밤에 꾼 꿈의 후속편이 꿈속에서 이어지기를 희망하며 잠자리에 들기 전 그 결과물을 우리에게 읽어주었다.

"연속극처럼 될 수 있을까요?"

37

흥분된 마음으로 바로 그해 여름 나는 페데리코 펠리니에게 오마주를 표하기로 결심했다. 나는 어린 시절을 그의 여러 꿈 가운데 하나의 아래에서 보냈고, 청소년기에는 그의 영화가 개봉되기만을 기다렸으며, 그 이후엔 그의 영화들을 질리지도 않고 보고 또 보며 인생을 보냈다. 그 사람은 내게 가족보다 더 소중했기에 내가 세상을 뜨기 전에 그에게 감사를 표해야만 했다.

"펠리니에 관한 책을 쓰실 거예요?"

"아니, 그런 책은 이미 많아."

"그러면 영화를 만드시려고요?"

"절대 아니지. 난 평생 카메라를 쥐어본 적이 없어. 난 펠리니가 아니잖아. 나를 카메라 렌즈 뒤에 붙여놓는다고 생각해봐. 난 아마 특별한 건 하나도 보지 못할 거야. 게다가 영화 예술인은 복잡한 직업이란다. 몽상가이자 예술가이자 재력가이자 광고업자이자 기업가이자 장군이어야 해…… 최고의 촬영감독을 고용해야 하고, 배우들, 보조들, 촬영기사들, 조명기사들, 목수들, 용접공들, 무대장치 전문가들, 의상 담당자들, 분장사들, 미용사들로 이루어진 군단을 꾸려야 하지. 그 모든 사람을 지휘해야 해. 게다가 자금도 마련해야 하고, 제작자들을 설득해야 하고, 텔레비전 방송사들의 요구도 들어줘야 하고, 결정권자들을, 오늘날 결정권자가 된 너희 세대 사람들을 꾀어내야 하는데, 그 사람들은 지난날의 늙은 멍청이들보다 훨씬 유연하지도 않고, 게다가 펠리니의 영화를 한 번도 본 적이 없을 거야. 거기 내 손목을 걸 수도 있어. 그들은 내게 이렇게 말하겠지. 왜 펠리니죠? 요즘 누가 펠리니를 아나요? 당신이 좋아하는 펠리니한테는 아무도 관심 없다고요! 게다가, 펠리니가 왜 1990년대에 영화를 그만두었다고 생각하세요? 아니면 그 다른 사람, 이름이 뭐였죠? 그 골칫덩이의 이름이 뭐더라…… 아, 그래, 오손 웰즈! 당신은 왜 오손 웰즈와 페데리코 펠리니가 영화 촬영을 그만두었다고 생각해요? 제작자를 찾지 못해서가 아니겠어요? 인정할 건 인정합시다. 왜 더는 제작자를 찾지 못했겠어요? 그들의 영화 제작비가 너무 비싸서일까요? 아니죠! 그 사람들의 영화로는 더는 돈을 못 벌어서라고요! 미묘한 차이가 있어요. 할아버지, 그만 내려오세요, 우리가 있는 곳으로 내려오시라고요. 펠리니는 관객들이 더는 자신의 영화를 보러 오지 않아서 촬영을 그만둔 거예요. 끝난 얘기죠. 1990년대 이후로 더는 누구도 펠리니에 관심 두지 않았다고요. 그러니 그만 가보세요. 그들은 이렇게 말할 테지. 요즘 결정권자들 말이다. 그 시대에 펠리니는 〈달콤한 인생〉을 찍으려고 제작자를 열두 명이나 접촉했었는데 개중 누구도 제작을 원치 않았고, 〈달콤한 인생〉이 세계적으로 성공을 거둔 뒤로는 모든 제작자가 〈달콤한 인생〉 같은 영화만, 영화필름이 마피아 가도만큼 수 킬로미터나 이어지도록 〈달콤한 인생〉만 찍고 싶어했었다는 말로 그 사람들한테 반박해봤자 소용없을 거야."

그래, 난 페데리코 펠리니에 관한 영화는 못 만들 거야.

V
부활한 페데리코

나는 열일곱 살 이후로는
크게 달라지지 않은 것 같아.

-

페데리코 펠리니가 조반니 그라치니에게
『펠리니가 말하는 펠리니』

38

 우리가 그를 부활시킨 건 결국 극장에서였다. 빛의 직사각형 안에. 우리라고 말한 건 그 공연을 올리기 위해 내가 아는 연극인을 모두 불러모았기 때문이다. 나는 우리 극단의 파리 지역 배우들을 모았고, 우리는 이탈리아로, 피렌체 근처 피스토이아로 내려갔다. 연극의 실험실과도 같은, 안토넬라 카라라가 세운 일푸나로극장에서 공연을 준비하기 위해서였다. 우리는 거기서 안토넬라, 리자, 마시, 프란체스카, 라카사 극단의 나폴리 배우들, 루도, 로베르토, 파코, 데미를 만났는데, 이미 예전에 그들과 함께 이탈리아와 프랑스 무대들을 휩쓴 적이 있었다. 전 지구적인 동원이었다. 우리의 연출가인 클라라는 아르헨티나에서 합류했고, 비노스는 첸나이에서, 비비는 바마코에서, 시모는 카탈루냐에서, 바베트는 브뤼

셸에서, 팡송은 마르세유에서, 다른 이들은 몽트뢰유와 파리에서 왔다. 모든 건 통상적인 환영 파티로 시작되어서, 리아와 파올로는 요리를, 알리스와 로랑은 피아노를 맡았고, 모두가 밤이 깊어질 때까지 노래를 불렀다.

그러고 난 뒤 나는 그들에게 우리가 페데리코 펠리니에 관한 공연을 올릴 거라고 알렸다. 제목은 〈페데리코 펠리니는 누구든 맞이할 준비가 되었으니 그를 만나고 싶은 분은 오세요〉. 관객에게는 두 가지 지령이 미리 주어질 것이다. 어떤 것이든 악기를 하나 가져올 것, 프라이팬이라도 좋다. 그리고 휴대폰을 가지고 올 것. 휴대폰 필수! 절대로 휴대폰을 집에 두고 오지 말 것!

39

페데리코 펠리니의 탄생 백 주년을 기념하는 1월 20일 저녁, 밀라노 피콜로극장의 관객들이 가장 먼저 본 것은 흰 직사각형 위에 떠도는 검은 하트였다. 관객들은 처음엔 무대 위에 떠 있는 듯한 그 직사각형과 하트가 무엇인지 알지 못했다. 눈이 어둠에 익숙해지면서 그들은 그 하트 모양이 등을 돌리고 선 한 청년의 풍성한 머리카락이고, 하얀 직사각형은 무대 위에 펼쳐진 커다란 공책임을 알아보았다. 청년은 공책 위로 몸을 숙인 채 영감을 좇아 다급히 그림을 그리고 있었다. 그의 휘황한 머리카락이 그가 그린 그림의 앞부분을 가리고 있었지만, 종이 위 사인펜이 내는 마찰음에 관객들은 그들 역시 열정적으로 그림을 그리던 시절을 떠올렸다. 얼마 후 청년의 그림이 스크린에 영사되었다. 청년은 소리지르고 발을 구르는 형형색색의 군중을 그리고 있었고, 이제 그에 맞춰 플루트와 오보에로 사라반드가 연주되었다. 플루트는 군중의 즐거움을 표현했고, 반면에 오보에는 살짝 의혹을 실었다. 군중은 한 커플을 뒤쫓고 있었고, 그 커플은 서로 손을 잡고 황금빛 줄무늬가 그어진 푸른 밤 속으로 달려가고 있었는데, 마치 유성우 아래 질주하는 모습 같았다.

그림이 완성되자 청년은 그림이 그려지지 않은 여백에 자기 꿈을 글로 적기 시작했다. 그는 글을 쓰면서 큰 소리로 그 꿈 이야기를 들려주었다. 콧소리 섞인 흥겨운 목소리였다.

"줄리에타와 나는 군중을 앞서 달립니다. 그들이 적대적인지 우호적인지도 모르고, 우리를 뒤쫓는 건지 아니면 우리가 그들을 이끌고 있는 건지도 모르는 채로 말입니다…… 줄리에타가 이런 말로 나를 안심시키죠. '곧 알게 되겠지, 페데리코!'"

40

 이 걸작을 만든 우리는 영사실에서 관객의 사소한 반응까지 살피고 있었다. 식은땀과 불안이 우리를 하나로 묶었다.
 이따금 클라라가 정적을 깨고 말했다.
 "다들 듣고 있어? 저 침묵을 듣고 있어?"
 "좀 듣자고." 시모가 그녀에게 조용히 하라는 신호를 보내며 속삭였다.
 "내 희열을 나누고 싶어서 그래." 우리의 연출가가 응수했다.
 "가만 좀 있어봐, 클라리타, 여긴 축구 경기장이 아니잖아. 아르헨티나 대 이탈리아 경기가 아니라고!"
 "쉿." 알리스가 음악을 내보내며 속삭였다.

41

공연은 4부로 진행되었다.

먼저, 청년 페데리코 펠리니가 관객 앞에서 꿈을 그리고 이야기했다. 그 꿈은 무대 안쪽에 세워진 거대한 스크린에 영사되었다. 최면에 걸린 듯한 아름다운 이십여 분이었다.

그후 펠리니는 관객 중에서 자기 꿈의 인물들을 닮은 몇몇 사람을 무대 위로 불러냈다. 그들에게 스크린 테스트를 했다. 무대 위로 오른 많은 지원자 중에는 물론 우리 배우들도 있었다. 이 스크린 테스트는 우리가 세심하게 준비한 '공연의 하이라이트'였다.

3부에서 무대는 치네치타의 스튜디오 5로 바뀌었다. 조명기, 카메라, 크레인, 촬영 레일, 무대 패널, 웅성거림…… 그리고 메가폰, 정적, 슬레이트 치는 소리. 그러고 나면 마에스트로가 무대 위로 불러낸 관객들이 연기하는 대단히 펠리니다운 시퀀스 촬영이 이어졌다.

마지막 4부는 촬영한 영화를 상영하는 성스러운 순간이었다. 조금 전에 촬영된 시퀀스를 아무도 알아볼 수 없어서 모두가 놀랐다. 앵글, 근접촬영, 조명, 샷 선택, 편집의 리듬, 특히 음향, 음향과 음악, 한마디로 창작자의 스타일은 사람들이 보았다고 생각한 것과 전혀 다른 결과물을 내놓았다. 배우들은 촬영 동안 그저 일련의 숫자만 세었을 뿐인데 자신들이 영화에서 하는 말과 그 말을 하기 위해 그들에게 입혀진 목소리를 발견했다.

마에스트로는 부활하기를 정말 바랐을까? 이것이 이 시퀀스의 주제였다. 페데리코 펠리니는 부활하고 싶다고 확신했을까? 그는 이 시험을 용인했을까? 부활은 누워서 떡 먹기가 아니잖나! 환한 빛으로의 복귀, 그렇다, 삶의 향기로의 복귀, 로마식으로 요리한 아티초크, 그리고 물론 폴페테 디 볼리토* (더구나 그의 단골 식당인 달 토스카노는 그의 전용 식탁을 따로 마련해두었다) 앞으로의 복귀, 꿈꾸는 능력과 창작의 설렘을 되찾는 것도 그렇고, 이 모든 건 대단히 유혹적이었

• 로마식 미트볼 튀김.

지만, 한편으론 영원의 감미로운 안락, 줄리에타와 손을 잡고 공간과 시간 속을 떠도는 그윽한 감각, 긴장감의 부재도 참으로 아늑하니…… 이 무슨 딜레마인가! 부활할까? 부활하지 말까? 공연을 보러 온 관객은 숨을 죽였다.

이 모든 건 당연히 내가 여기서 얘기하는 것보다 무한히 더 섬세하고 심오하며, 더 혼미스러우면서 신비롭고, 한마디로 훨씬 펠리니다웠다. 그런데 왜 나는 여러분이 아직 보지 못한 공연의 모든 비밀을 밝히고 있을까?

42

"관객들이 매료되었어, 매료되었다고." 열기가 후끈 달아오른 영사실에서 우리가 땀을 뻘뻘 흘리는데 클라라가 거듭 말했다. 우리는 감동해서 목이 멘 다섯 개의 스펀지 같았다.

"빌어먹을, 촬영 장면 때 조명기가 제대로 작동하지 않았어." 시모가 투덜거렸다. "저기 봐, 무대 왼편 조명이 떨리잖아."

"오보에 소리를 넣은 건 기막힌 한 수였어." 내가 알리스에게 속삭였다.

"조용히들 해요, 마지막 자막 올라가요." 마티아스가 알렸다.

43

 그 자막은 관객들에게 마지막 깜짝선물로 준비되었기에 관객들의 박수갈채가 터져나왔다. 자막에 그들의 이름이 차례차례 연이어 지나가고 있었다! 영화에 출연했건 안 했건, 그들은 거기, 스크린에, 알파벳이 평생 그들에게 할당한 자리에 이름이 나와 있었다.

 "저거 나잖아!" 누군가 외쳤다.

 나가려고 일어나기 시작한 사람들이 다시 자리에 앉았다.

 "파올라, 저기 봐, 너야." 다른 누군가가 말했다.

 박수갈채가 두 배로 커졌다.

 "나도 있어!"

 저마다 자기 이름을 찾느라 여념이 없었고, 모두가 자기 삶의 배우로서 자기 존재에 현존한 자신을 발견했다. 스크린 위에 자리한 건 분명히 그들이었기 때문이다!

"나도 있어! 내가 저기 있어!"

"봐요, 아달베르타 이모, 이모도 있어요!"

자막은 알리스가 도입부의 그림 장면에 삽입하려고 작곡한 타란텔라 춤곡에 맞춰 올라갔다. 그 춤곡은 경쾌하고 통통 튀는 곡이어서 모두에게 춤추고 싶은 욕구를 안겼다. 그러자 마시, 우리의 키 큰 마시(피스토이아 출신 마시밀리아노 바르비니)가 관객 한가운데서 벌떡 일어섰다. 그는 트롬본을 들고 객석에서 불쑥 나오더니 무대를 향해 당당하게 내려오면서 타란텔라 춤곡의 주 멜로디를 또 한번 연주했다. 바베트와 파올로도 그의 뒤를 쫓았다. 바베트는 바이올린을 연주했고, 파올로는 기타를 연주했다. 우리가 바라던 대로 악기를 하나씩 가져온 관객들은—그런 관객이 수없이 많았다—한 사람처럼 그들을 따랐다. 파코, 루도, 리자, 데미, 팡송은 펠리니식의 광대로 분장하고 다른 사람들은 물론 무척 수줍어하는 사람들까지 그 왁자지껄함 속으로 끌어들였다. 그러자 모두가 무대에 올라 〈팔과 이분의 일〉의 마지막 장면처럼 거대한 원을 그리며 파랑돌 춤을 추었다.

44

 관객 모두가 출연진 전용 출입구를 통해 극장 밖으로 쏟아져나왔다. 마시밀리아노 바르비니의 트롬본 뒤로 트럼펫, 아코디언, 하모니카, 심벌즈, 북, 플루트, 바이올린, 클라리넷, 주즈하프*, 냄비, 관객들의 요란한 철물 악기 소리가 뒤섞여 울렸다. 피콜로극장의 밀라노인들이 밀라노의 밀라노인들 앞에서 오바드**를 펼쳤다. 웃는 인근 주민들을 위해, 소리치는 인근 주민들을 위해, 두문불출하는 이들을 위해, 발코니에서 내려다보는 이들을 위해 공연을 펼쳤다.
 "대체 무슨 일이야? 이 소란은 뭐지?"
 "펠리니가 부활한 모양이야!"

* 한끝을 입에 물고 금속판을 튕겨 소리를 내는 체명악기의 일종.
** '이른아침에 여는 콘서트'라는 뜻으로, 세레나데와 반대되는 말이다.

"무슨 바보 같은 소리야?"

"맞다니까. 음악 소리 안 들려? 펠리니의 부활을 축하하는 거잖아!"

"장난 아니고? 그러면 줄리에타도 부활했겠네?"

"그리고 니노 로타도. 들어봐!"

1월 20일 이날 밤에는 산토마소가의 주민들도 내려와 코르소 가리발디 가와 스트렐러가의 주민들과 합세했고, 무리가 왼쪽으로 돌자, 비스콘티가의 사람들까지 합류해 인파는 더 불어났고, 곧 비아 레냐노의 음악가들까지 더해져 무리는 더욱 늘어나더니 온 밀라노가 음악 그 자체가 될 때까지 이어졌다. 사흘 동안 불었던 매서운 바람에 크리스털 소리 같은 더욱 청량한 음악이 울려퍼졌다.

결국 거대한 군중이 셈피오네공원으로 몰려들었다. 관객들의 휴대폰과 SNS를 통해, 페데리코 펠리니가 그 1월 20일 밤에 피콜로극장 무대에서 부활하기로 마음먹었으며, 그가 줄리에타와 니노와 더불어 셈피오네공원에서 여는 행사에 모두를 초대했다는 소문이 퍼졌기 때문이다.

"셈피오네공원에서? 스포르체스코성이 있는 공원? 그런데 셈피오네공원은 이 시간에 닫혀 있지 않아?"

"생각을 좀 해봐, 파비오. 원할 때 부활할 능력이 있는 사람이라면 밀라노의 온 주민을 위해 셈피오네공원을 개방시킬 만큼 입김이 세지 않겠어?"

"그렇지…… 그렇지, 물론, 그렇겠어."

이날 밤, 피콜로극장 관객들의 초대를 받은 밀라노 주민들이 셈피오네공원으로 몰려들었다. 수십 개의 화로로 불 밝힌 그곳은 더없이 펠리니풍이었고, 마치 밀라노가 로마의 근교 도시가 된 것만 같았다. 물론 경찰은 저걸 당장 끄세요, 엄격하게 금지된 겁니다, 라고 했지만 이미 너무도 많은 사람이 불을 둘러싸고 춤추고, 놀고, 노래하고 있었다…… 결국, 모두가 늦도록 축제를 즐겼다. 카라비니에리*들까지도.

정확히 몇시까지? 나는 알지 못한다. 거기 없었기 때문이다. 루도비카와 로베르토에게서 전해들은 이야기다. 그들은 웃으며 말했다.

"그 모든 연주자가 셈피오네공원을 향해 몰려가던 모습은 꼭 밀라노의 철새들이 남쪽을 향해 바삐 이동하려고 모여드는 것 같았다니까. 다시 볼 수 없는 광경이었지."

---

* 군사경찰 및 민간경찰 업무를 수행하는 이탈리아 헌병 조직.

45

 우리가 그 축제에 없었던 건, 클라라가 자신의 메모를 우리와 공유하려고 알리스와 파코, 시모와 마티아스와 나를 피콜로극장에 붙잡아두었기 때문이다. 회오리바람이 몰아친 듯 갑자기 비어버린 극장에는 우리 여섯뿐이었다. 여섯 모두 갑작스러운 정적에 어안이 벙벙한 상태였다. 그리고 우리 여섯은 서로를 부둥켜안고 있었다.
 이제 메모를 보자.
 메모가 전달되기 전까지는 극장을 떠나지 말 것. 이것이 우리 연출가의 신조였다. 공연이 상연되는 동안 문제점을 간파하고, 팀에 바로 알려서 다음날 공연을 위해 그날 저녁 당장 바로잡으려는 것이었다……
 "마티아스, 맨처음 장면에서 펠리니가 큰 공책에 자기 꿈을 그릴 때 그의 머리카락이 더 잘 보여야 해. 그것이 공연의 첫번째 이미지니까. 새하얀 공책 위에 오직 그 검은 하트만 보여야 해. 청년 펠리니는 자신의 덥수룩한 머리카락을 아주 자랑스러워했어! 기억해봐, 그는 『꿈의 책』에다 첫 몇 해 동안은 자기 뒷모습만 그렸잖아. 그 하트가 관객들의 가슴을 쳐야만 해. 검은 하트, 하얀 공책, 한 가지 심상이 자리잡을 시간 동안! 그러고 나서 짠! 큰 스크린에 꿈을 영사하는 거지."

"그럼, 그 하트를 몇 초 동안 비출까?"

"육칠 초 정도. 칠 초로 해보자고."

"칠 초, 알았어."

"알리스, 음악을 너무 빨리 내보내지 마. 그림이 살게 시간을 좀 줘. 종이에 사인펜이 마찰하는 소리가 관객한테 잘 들리도록, 그 소리가 어린 시절의 그림을 떠올리게 하도록 좀 기다렸다가 음악을 내보내. 그리고 펠리니가 말하기 시작하면 음악 소리를 낮추고. 악기 소리와 목소리가 아주 자연스럽게 교차하게 하는 거지. 음악에서 목소리로 넘어가는 과정이 좀더……"

"유기적이도록."

"바로 그거야. 음악이 말로 변하도록."

"알았어."

"파코, 스크린을 좀더 키워야겠어. 조명기들 때문에 복잡한 건 알지만 시모가 해결책을 찾아줄 거야."

"괜찮아, 할 만해. 약간 여유를 뒀거든. 53짜리를 내리고 57짜리는 방향을 바꿀게. 다만, 그러면 무대 깊이가 좀 줄어들 텐데."

"얼마나?"

"40센티미터 정도."

46

 일단 클라라와 다른 사람들이 셈피오네공원 축제에 간 뒤 (나중에 따라갈 테니 먼저들 가 있어), 나는 시모가 조명기들을 조정하는 걸 도우려고 그와 단둘이 남았다.
 "기왕 남았으니 촬영 장면 때 펄럭거리던 그 조명기를 확인해봐야 해." 그가 말했다. "한번 봐줄 수 있어? 아마 젤라틴 필터가 떨어졌을 거야. 무대 뒤쪽에 바람이 일어서 필터가 펄럭였을 거고. 그러면 불빛이 떨리거든."
 "그게 어디 있는데?" 내가 무대에 오르며 물었다.
 "무대 왼편 뒤쪽, 커튼 사이에. 펠리니의 이동식 조명기 중 하나야."
 그것은 펠리니가 움직이는 배우들을 따라 비추던 이동식 조명기 중 하나였다. 그는 사람 높이의 그 조명기로 아누크

에메나 마스트로이안니의 얼굴을 절대 놓치지 않고 그들 주변을 맴돌았다. 그는 그 조명을 모든 걸 드러내는 엑스레이에 비교했다. 클라라는 그의 말이 옳다고 주장했다. 그런 빛이 "인물의 성격을 끌어낸다"는 것이다. 그녀는 역사적 정확성을 위해 펠리니의 이동식 조명기 하나를 어렵게 찾아냈다. 그러곤 펠리니가 직접 썼던 그 조명기를 마에스트로의 붓이라고 말했다. 치네치타의 유물이라고.

"찾았어?" 시모가 내게 물었다. "불 켠다!"

그리고 나는 검은 벨벳 커튼이 만든 어두운 회랑 안쪽에서 석양 같은 빛이 켜지는 걸 보았고, 이내 그게 무엇인지 알아보았다. 나는 그 자리에 못박힌 듯 멈춰 섰다. 내 안에 참으로 깊이 묻혀 있던 어떤 이미지가 출현해서 나는 마치 까마득히 오래전에 잃었던 친구가 조금도 달라지지 않은 모습으로 다시 내 눈앞에 나타난 것처럼 아연했다.

내 어린 시절의 야등이었다!

어머니가 복도에 켜두었던 작은 전등이 이 극장의 어둠 속에서 빛을 발하고 있었다.

나의 부엉이.

똑같은 광원 주위를 똑같이 붉은 빛무리가 둘러싸고 있었다……

아주 오래된 이미지였다.

그렇지만 현재에 아주 생생한 이미지.

과거가 현재로.

여기에.

그리고 똑같이 도전적이었다.

"날 봐, 용기가 있다면 날 보라고!"

내 삶이 단 일 초도 나아가지 않은 것만 같았다.

물론, 순수한 행복이 훅 불어닥친 듯했다.

얼마 후 나는 그 순간의 현실로 돌아왔다. 시모의 말이 맞았다. 그 노후한 태양의 빛에서 가벼운 떨림이 감지되었다. 조명기 가까이 다가가니 떨림은 더 선명해졌고, 지지직 소리까지 들렸다.

전선 타는 냄새가 났다.

나는 더 가까이 다가갔다.

"젤라틴 필터 때문이 아냐." 시모에게 말했다. "젤라틴 필터는 잘 붙어 있어…… 문제는……"

그러나 내가 말을 채 끝내기도 전에 조명기는 폭발했고, 나는 마치 태양에 집어삼켜진 것만 같았다.

VI
10퍼센트 내외

이 꿈 얘기를 듣고
베른하르트는 내게 말했다.
"펠리니 씨, 우리 진지하게 일해볼까요?"

—

페데리코 펠리니, 『꿈의 책』

47

 아직 눈을 감은 채 나는 민이 내게 일어난 일을 전화로 설명하는 소리를 들었다. (누구에게 말하는 걸까? 장모님? 알리스? 이자벨? 뱅상? 아니타? 크리스토포?) 나는 밀라노가 아니라 파리에 있었고, 피콜로극장이 아니라 우리집 근처 병원의 병실에 있었다. 극장 조명기가 폭발해서 여기까지 온 건 아니고, 우리가 침대에서 〈아마코드〉를 보는 동안 프로젝터 전구가 타버렸기 때문이었다. 사고는 하루 전, 펠리니의 탄생 기념일인 1월 20일 일요일에 일어났다. 사실이지만, 이건 순전히 우연이었다.

 민은 어떻게 된 일인지 정확히는 알지 못했다. 처음에는 전화로 내 "젊은 혈기의 발작" 중 하나라고 말했다. "있잖아, 그이가 『몸의 일기』에 묘사한 것처럼 신체적 충동 같은 거지."

우리 프로젝터의 전구는 펠리니 영화가 한창일 때 숨을 거두었다.

퍽!

"아! 안 돼! 빌어먹을!"

나는 기계를 끄고 사다리를 찾으러 가는 대신 타버린 전구를 당장 갈아 끼우려고 침대에서 벌떡 일어나 탁자 위에 의자를 올려놓고 노발대발하며 전구가 식기도 전에 의자를 밟고 프로젝터를 향해 펄쩍 올라섰다. 위층에서 일어난 일이라 믿은 사태를 정확히 말할 수가 없었다. 그저 둔탁한 폭발 소리가 들렸는데, 그 폭발로 온 집안의 불이 나갔다. 그리고 나는 쌓아올려둔 탁자와 의자와 함께 와장창 요란한 소리를 내며 넘어지면서 비명 한마디 지르지 못한 채 얼굴을 부딪쳤고, 다시 일어나지 못했다. 혼수상태였다. 아내는 내가 감전되어 우리 침대 발치 카펫 위에 쓰러져 죽은 줄 알았다고 했다. 아내는 질겁해서 구급차를 불렀고, 병원으로 왔다. 아내는 의자에 앉아 나를 지켜보며 밤을 지새운 것이다.

"아니, 아직 안 깨어났어. 열두 시간째야…… 그래…… 아니…… 모르겠어…… 모르겠어…… 의사들 말로는…… 아니, 의사들 말로는 아직 전혀 안심할 수 없대. 아직은 아무것도 말해줄 수가 없대…… 아무것도 말씀드릴 수가 없네요,

부인, 혼수상태가 얼마나 길어질지, 깨어나서도 상태가 어떨지에 대해서도요. 후유증요? 네, 있을 수도 있지만, 아직은 어떤 후유증이 나타날지, 또 얼마나 심각할지도 말씀드릴 수가 없네요. 이젠 연세도 있으시니…… 골절된 데가 없는 것만 해도 엄청나게 운이 좋으신 겁니다. 안 그랬으면…… 의사들도 모르는 거지. 혼수상태가 길어질수록 위험한 모양이야. 내가 이해한 바로는 그래. 파브리스가 병원에서 퇴근하는 대로 들르겠다고 했어. 아니…… 아니, 내가 지금 지켜보고 있는데, 자고 있어…… 어! 아니, 잠깐만, 기다려봐, 기다려봐! 깨어나고 있어! 깨어나고 있어! 그이가 눈을 떠! 이따 다시 걸게! 다시 걸게!"

48

 혼수상태가 길어진 건 뇌혈종이 간뇌를 압박했기 때문이고, 그 혈종이 우리 일생의 기억들이 저장되는 대뇌변연계 회로를 압박한 탓에 내가 분명 꿈을 많이 꾸게 되었을 거라고 신경외과 전문의 파브리스가 설명했다.

 "그런 거야, 친구. 넌 무작위로 생산해내는 정밀한 유기체인 거야. 요컨대 넌 소설가인 거지." 파브리스가 말했다.

 실제로, 의학적인 문제가 밝혀지고 난 후로 내가 느낀 첫 번째 욕망은 혼수상태가 된 동안 해방된 뜻밖의 꿈들을 탐험하려는 것이었다. 깨어나자마자 자전소설을 한 편 쓰고 싶은 욕망에 사로잡혔다. 말하자면 『몽상가로서 예술가의 초상』 같은 것을. 꿈에 대한 오토픽션을 쓰려는 것이다. 이 계획은 실현 가능해 보였다. 빛의 홍수부터 수몰된 마을 탐험과 펠리니에 푹 빠져 지낸 여름을 거쳐 조명기 폭발로 이어진 연이은 내 꿈들이(휴대폰의 녹음기에 이 이야기들을 털어놓다가 나는 이 사실을 깨달았다) 유년기, 청소년기, 장년기, 노년기의 이야기로 이어지며 시간의 흐름에도 맞고 주제도 일관성을 보였기 때문이었다. 이 서사 내내 펠리니는 마치 길잡이처럼, 나의 무의식이 몹시도 집착하는 닮은꼴처럼 나와 함께했다.

49

깨어나고 반시간 뒤 알리스가 내 병실에 들어왔을 때 나는 펠리니 탄생 백 주년 기념 공연을 만들겠다고 알렸다.

"아빠, 살아 계신 거예요? 정말 살아 계신 것 확실하죠?"

살아 있는 모든 것이 페데리코 펠리니를 부활시키려고 서둘렀다. 공연은 내 머릿속에 준비되어 있었고, 꿈으로 다 꾸었으며, 구성을 전부 마련해두었다. 글로 적어 옮기고, 연출과 음악만 있으면 되는 것이다. 이애는 요즘 무슨 일을 하고 있지? 이런 걸 작곡할 시간은—마음은 있을까?

"펠리니에 대해 관심 있어? 내가 그를 부활시키는 동안, 넌 니노 로타를 부활시키는 거야, 어때?"

50

 바칼로레아의 프랑스어 시험 문제로 흥미로운 연습문제가 제시되던 시절이 있었다. 하나의 글을 사분의 일로(10퍼센트 내외 증감) 요약하는 문제였다. 물론 그 야만적인 대접을 정당화할 만큼 충분한 의미가 담긴 글이 대상이 되었다. 철학, 인류학, 민족학, 심리학, 또는 사회학 분야의 글들, 시류에 대한 논평, 논란이 된 기사들, 그리고 그 밖에 사설에서 발췌된 글이 수험자의 분쇄기 같은 통찰력을 시험하는 시험대에 올랐다. 어떤 작가도 그걸 피하지 못했다. 간결한 문체로 유명한 폴 발레리며 롤랑 바르트도 다른 작가들처럼 탈수의 대상이 되었다. 나의 제자들과 나는 그 연습을 무척 좋아했다. 우리는 매주 명료한 과즙 짜기 놀이를 함께 했다. 사분의 일로 축약하며 추출된 의미는 대단히 명료하고 완벽히 측량된

비율의 요약본으로 구체화되었고, 그걸 해낸 우리는 똑똑했다. 그러고 나면 진짜 흥미로운 한 가지 의문이 제기되었다. 우리가 쓰레기통에 집어넣은 나머지 사분의 삼의 글은 대체 무슨 소용이었을까? 대답은 이랬다. 문제의 글을 살아 있는 유기체로 만들어준다는 것. 그 글에 하나의 문체를 부여하는 것. 그 글을 쓴 작가를 독창적인 개인으로 만드는 것이다. 우리가 생명에서 의미를 빼냈으니, 의미의 생명이 거기 잠들어 있었다.

내 꿈들에 대해 생각하며 나는 병실 침대에서 이런 생각을 했다. 내 꿈들에서 현실의 비율은 얼마나 될까?

알리스는 아버지의 건강 상태에 안심하고, 음악적 에너지를 한껏 품고서 제 집으로 돌아갔다. 민은 나의 노트북과 저녁에 먹을 간단한 사식을, 파리의 병원들이 아주 싫어할 음식을 들고 다시 들렀다. 둘 다 아주 가까이 살고 있었다. 두 사람의 이중 보호 덕에 나는 기숙학교의 통학생처럼 특별대접을 받는, 특혜받은 환자가 되었다.

병원은 잠들어 있었다. 나는 여러분이 방금 읽은 글의 골자를 조금 전에 다 쓴 참이고, 진실의 비율을 계산해보니 대략 10퍼센트 내외였다.

51

 우선, 나의 어머니는 페데리코 펠리니를 알지 못했다. 따라서 그와 일한 적도 없었다. 군인의 아내였던 어머니는 이 년마다 이사 다니느라 너무 바빠서 설령 기회가 생겼더라도 치네치타 촬영소의 의상 작업에 단 일 분도 시간을 할애하지 못했을 것이다. 엄마가 제작한 건 뜨개질을 해서 만든 네 아들의 '스웨터'뿐이었다. 열대지방에서도 엄마는 아들들이 보낼 겨울을 생각했다. 나는 지부티의 용광로 같은 날씨에도 어머니가 프랑스에 남아 있는 다 큰 아들들을 위해 두툼한 모직 스웨터를 뜨는 걸 보았다.

 따라서 나는 어머니가 내 침대 위쪽에 걸어두었다고 한 펠리니의 꿈 아래에서 잔 적도 없다. 심지어 나는 펠리니가 몽상가들 가운데 챔피언이었다는 사실을 오랫동안 알지 못했다. 『꿈의 책』은 플라마리옹출판사를 통해 '내 꿈의 책'이라는 제목으로 프랑스에서 최근에야 출간되었다. 마음에 드는 책이 생기면 언제나 그랬듯이 나는 그 책을 내 주변에 나눠 주면서 빨리 품절시키는 데 기여했다. 페데리코 펠리니에 대한 열정으로 내 친구들을 시종일관 성가시게 해왔으니 그럴 만하잖나.

52

 펠리니에 대해서라면, 나의 어머니는 내가 청소년기에 니스로 모셔가서 함께 본 그의 영화 몇 편을 알고 있었다. 어머니는 교사가 된 막내아들이 초임 시절 방학 동안 영화관에서 보여드린 영화들을 무척 좋아했다. 대개 바닷가 레스토랑에서 저녁식사를 하는 것으로 마무리되던 특별한 애정의 순간들이었다. 어느 날 저녁에는 어머니를 네그레스코호텔로 모셔가보기도 했다. (나의 첫 월급으로 처음 저지른 미친 짓이었다.) 어머니는 나와 함께 〈광대들〉〈아마코드〉〈로마〉〈그리고 배는 항해한다〉〈진저와 프레드〉〈인터뷰〉를 보았다. 〈그리고 배는 항해한다〉에서 장갑함이 등장하자 어머니는 말문이 막혔다. 그리고 영화관에서 〈비텔로니〉를 보고는 크게 웃었다.

"어린 남자애들은 딱 저렇지." 어머니는 영화의 주인공인 네 멍청이에 대해 호의적으로 말했다. 젊은 남자들 대부분이 일반적으로 그렇다는 건지 아니면 그 나이 때의 자기 아들들에 대한 기억을 되살리며 하는 말인지는 알 수가 없었다.

〈팔과 이분의 일〉이 개봉했을 때 어머니는 일부 관객의 성난 반응에 놀랐다.

"사람들은 늘 뭔가 이해해야 할 게 있다고 생각하지. 그렇지만 이 펠리니는 단순해. 그저 따라가기만 하면 돼. 〈팔과 이분의 일〉은 의심하는 한 남자의 이야기야. 참신해."

열네 살에 학교를 그만두었음에도, 아니 어쩌면 오히려 그 덕인지도 모르겠지만, 어머니는 작품을 직관적으로 받아들였다.

53

 어머니에게서 가장 펠리니와 관계있는 점을 찾자면 줄리에타 마시나처럼 키가 작다는 것이었다. 그리고 바람기 있는 남자들에 대한 환멸어린 관용이었다.
 어느 날 어머니는 배신당해 눈물을 흘리며 자신의 품에 안긴 젊은 여자에게 말했다.
 "어쩌겠어요, 그 인간들은 그런 걸 좋아하니……"

54

나는 루이라는 친구도 둔 적이 없었다. 내 아버지의 이름을 달고서 꿈속에 거듭 등장하는 이 허구의 인물은 아마도 이상적인 친구에 대한 나의 유아적인 생각을 구현하는 것이리라. 짓궂고, 명석하고, 고집 세고, 변함없고, 호기심 많고, 대담하고, 공상적이고, 혼자라면 지루했을 온갖 모험에 함께 뛰어들어줄 그런 친구. 한마디로 감탄스러운 친구다. 나는 감탄하길 좋아한다. 감탄이 내게는 또 하나의 읽는 방식이다. 사실, 나의 가장 친한 친구들은 내가 가장 좋아했던 책들이다—그 책들을 읽고서 쓴 서평은 그저 나를 위한 것일 뿐이다.

55

 내가 꿈속에 불러내는 친구들과 지인들을 잘 보면, 나는 이미 오래전에 사이가 틀어진 친근한 몇몇 인물을 연결 짓고 있었다. 그들은 세상 무슨 일이 있어도 함께 일하지도, 휴가를 함께 보내지도 않을 테고, 깨진 그릇을 다시 붙일 노력을 하느니 화해할 수 없다고 선언해버리고, 단 일 초도 서로 얼굴을 다시 보지 않을 사이였다.
 "아빠는 양치기 개처럼 한데 끌어모으려는 본능이 있어. 양떼를 모으듯이……"
 알리스가 나의 이런 면을 비꼴 만도 하다. 때때로 나는 사람들이 '파투'라고 부르는, 피레네 지역의 덩치 크고 하얀 양치기 개처럼 양떼 사이에서 태어나 외부의 공격에는 맹렬히 양들을 보호하지만, 양들 사이의 싸움은 감내하지 못하는 것이다.
"우리는 양이 아니라고요."

56

아! 난 잠수도 한 번도 해보지 않았다. 그러나 잠수를 해보았더라면 분명 즐거워했으리라 생각한다. 게다가 나의 아버지는 우리를 트레킹에 데려갈 사람이 아니었다. 책 속으로 데려가는 건 몰라도. 아버지가 읽고 나서 무척 생각이 많아진 채로—마치 높은 곳에 올라 숨이 가빠진 양—우리에게 얘기해주지는 못하고 손이 닿는 곳에 던져두는 책 말이다. 게다가 우리 부모님은 바쁜 일에 붙들려 자식들을 온갖 학습 활동에 보내는 요즘의 부부 같지 않았다. 내가 태어났을 때 부모님은 이미 상당히 나이가 드셨던데다가 우리의 자립을 존중해서 우리의 놀이에 간섭하지 않았다.

57

 다른 게 또 있다. 베르코르의 집은 내 어린 시절의 집이 아니다. 그 집은 민과 내가 애정을 담아 '뚱뚱이'라고 부르는 농가로, 1995년에 친구 로베르에게 사서 그후 이 년 동안 크리스토포에게 손질을 맡겼다. 그 시절에 크리스토포는 보편적 기만이라고 부르는 것(그는 여전히 그렇게 부른다)보다 노동하며 사는 삶의 고독과 산속의 정적을 선호했다. 내가 이 글을 쓰고 있는 회색의 나무 오두막집은 내가 아주 어릴 적에 나의 아버지가 아니라 단이라는 친구가 2010년대에 건축한 것이다. 초가지붕을 인 작은 육각형 집인데, 내가 여름 작업실로 삼지 않았더라면 연장 창고가 되고 말았을 것이다. 아무리 소박한 집이라도 집은 생명체다. 이 집의 특별한 점은, 이렇게 작은 집에 친구 단이—자연의 화신 같은—널판자 사이에 만들어둔 틈새 공간들이다. 그 틈새로 공기가 드나드는 덕에 이 허술한 오두막집이 격렬한 바람에도 버티고, 나는 태풍이 불 때도 여기서 글을 쓸 수 있다. 돌풍이 불어닥쳐도 집 사이로 바람이 지나가고 말 뿐이다. 나의 오두막집은 숨을 쉰다. 여러 번 불어닥친 태풍에도 이 오두막집은 그저 살짝 기울어지기만 했을 뿐이다. 우리가 이십여 년 전 북쪽에 심은 전나무들처럼. 정적이 깔리면 내게서 30여 미터 떨어진 곳에서 뚱뚱이가 살아 숨쉬는 소리가 들린다. 어린아이들의 고함소리, 프랑수아의 장난에 터진 노엘리의 웃음소리, 낱말놀이를 하는 딸애들의 탄성, 페탕크 놀이를 하며 뱅상, 카이나 또는 크리스토포가 속임수를 쓰는 소리, 이 사랑스러운 여름의 소리들이 들린다.

58

 이제 펠리니의 부활에 관한 연극 계획이 남았다. 이 모든 이야기에서 가장 현실적인 부분이다. 그 꿈을 꾸고 나서 나는 연극에 대해 실제로 구상했을 뿐 아니라 우리 극단의 배우들과 푸나로극장의 이탈리아 팀에도 이야기했고, 내 친구 지안루카에게도 이야기했는데, 지안루카는 피콜로극장의 집행부에 말해보라고 제안했다. 밀라노 거리에서 벌어진 공연과 파랑돌 춤은 마치 이미 일어난 일처럼 생생했다. 클라라는 연출, 알리스는 음악, 시모는 조명, 마티아스는 카메라, 마시는 트롬본, 파코, 루도, 데미, 리자, 비비, 그리고 관객 중 일부…… 그리고 밀라노 셈피오네공원에서의 마지막 파티…… 마치 이미 일어난 일만 같다. 루도와 로베르토가 내게 이미 얘기해준 것만 같다. 이 일은 거의 추억이 되었다.

59

 마지막으로, 분명히 실재하는 기이한 일이 있다. 내가 전기에 결코 익숙해지지 않는다는 사실이다. 스위치만 누르면 밤이 낮이 되거나 낮이 밤이 되는 건 당연한 일이 아니다. 내 눈에는 이 일이 언제나 기적처럼 보인다. 물론 이건 더이상 놀랄 일이 아니다—스위치를 작동시킬 때마다 번번이 세상이 환해지기도 하고 어둠에 잠기기도 하니 말이다—하지만 나는 내가 더는 놀라지 않는다는 사실에 놀란다.

60

 병원에서는 내 상태를 충분히 지켜보았고, 조심하라는 조언을 거듭하며 집으로 돌려보냈다. 아내 민의 보살핌을 받으며 베르코르에서 한 달을 보냈다. 얌전하게. 기울어진 오두막집. 글쓰기. 60장章. 파리로 돌아왔다. 그리고 지금 나는 여기 있다.

성 세바스티아누스가 전하는 복음

그런데 실제로 무슨 일이 일어난 거지?

—

페데리코 펠리니, 『꿈의 책』

61

민과 나는 파리로 돌아왔고, 나는 우편함을 확인하러 가다가—어제였다—이웃인 프랑수아즈와 마주쳤다(그녀도 나처럼 니스 출신이다). 프랑수아즈는 나의 소생 소식에 기뻐하며 두번째 생에서 뭘 할 거냐고 내게 물었다.

"첫번째 생이 가르쳐준 걸 해야죠. 소설을 쓰고 있어요."

"무엇에 대한 건데요?"

"아마도 꿈. 아니면 펠리니 얘기든지. 펠리니, 꿈, 나, 나의 가족…… 아직은 잘 모르겠어요."

"잘돼가요?"

"거의 끝냈어요."

"길어요?"

"짧아요."

"읽어줄 수 있어요?"

우리는 책을 읽으며 오후를 보냈고, 독서가 이어지는 동안 주의깊은 침묵 속에서 그녀의 얼굴은 밝아지기도 하고 어두워지기도 했다. 조금도 주의가 흐트러지지 않았고, 소리 한 번 내지 않았는데, 다 읽고 나자 프랑수아즈는 생각에 잠긴 채 이렇게 중얼거렸다.

"믿기 힘드네요……"

그녀는 믿기 힘든 게 무엇인지 표현할 말을 찾으려고 애쓰다가 내게 물었다.

"그 책의 중심인물이 누구인지는 알아요?"

침묵.

"당신의 모든 꿈을 가능하게 해준 인물 말이에요……"

침묵.

"성세바스티아누스예요." 그녀가 말했다.

"우리 할머니가 한 번도 가져본 적 없는 성세바스티아누스요?"

"네. 가능한 한 자세하게 묘사해줄 수 있어요?"

"어떤 관점에서 묘사해요?"

"당신이 꿈에서 만든 이미지요."

"처음에 성세바스티아누스는 우리 할머니의 벽난로(이것

역시 존재하지 않지만) 위에 당당히 자리잡고 있었죠. 두번째에는 물속 내 어린 시절의 방에 있었고요."

"그 이야긴 나중에 다시 합시다. 우선은 성세바스티아누스를 물과 당신의 꿈속에서 꺼내 눈앞에 두고 가능한 한 자세히 묘사해보세요."

"그건 반들반들한 나무 조각상이었어요. 어쩌면 회양목으로 된 것인지도 모르겠고요. 대리석 판 위에 있었는데 아주 조야한 물건이었고, 거의 성性적인 숭배의 이미지였죠…… 성세바스티아누스를 묘사한 작품들이 대개 그렇듯이 원반던지기 선수 같은 자세를 취하고 있어서 상체와 허벅지 근육이 도드라지고 얼굴은 황홀경에 빠진 듯 보였어요…… 세속을 떠나 은거하는 남녀 모두에게 위안을 주는 물건 같아요."

"그림이든 조각이든 그런 성물들은 우리 모두를 하늘로 보내죠, 맞아요." 프랑수아즈가 인정한다. "당신 꿈속의 성세바스티아누스에는 특별히 도드라지는 점이 있나요?"

"전기로 된 후광을 둘렀어요."

"전기 얘기는 잊으시고요. 후광 크기가 어느 정도예요?"

"커요. 불이 켜졌을 때는 공작 꼬리가 떠올랐죠."

"지나치게 큰 후광이었어요?"

"불균형해 보일 만큼 컸던 것 같네요."

"믿기 힘드네요." 그녀는 몽상에 잠긴 듯한 얼굴로 마지막 음절을 길게 늘이며 거듭 말했다.

그러더니 말을 이었다.

"들려줄 이야기가 하나 있어요."

62

 1970년대 초로 거슬러올라가는 이야기였다. 내가 노르에서 학생들을 가르치고 있을 무렵 프랑수아즈는 니스 응용미술학교에서 학업을 마무리짓고 있었다. 그녀는 졸업작품으로 무엇을 내놓을지 아직 알지 못했다. 그 시절 니스 지역에는 창의력 넘치는 예술가들이 많았다. 포스트모던 예술가들의 아방가르드 운동을 구체화한 것으로 잘 알려진 벤*과 그의 '글'이 있었고, 콜라주 기법으로 어느 날 세상 모든 거리의 대중 앞에 나선 에르네스트 피뇽에르네스트**도 있었다. 프랑

---

* Benjamin Vautier(1935~2024). 'Ben'이라는 별칭으로 알려진 시각 예술가. 일상과 예술의 경계를 허물며 글자를 적은 작품들로 유명해졌다.
** Ernest Pignon-Ernest(1942~). 거리 예술의 선구자로, 거리의 벽에 자신의 그림을 붙이는 작품활동을 해왔다.

수아즈도 졸업작품으로 모두에게 울림을 주는 독특한 작품을 내놓을 생각이었다. 그런데 벽에 글을 적는 것도 이미 누가 했고, 거리도 이미 누가 차지했다. 조각 쪽은 세자르가 꽉 잡고 있었다. 프랑수아즈는 헛되이 영감을 찾아다녔다. 그녀는 노후한 BMW 오토바이를 타고 내륙의 산들을 돌아보곤 했는데, 그 오토바이는 주전자처럼 뜨거워져서 언덕을 오를 때마다 고장이 났다. 피스톤이 경련을 일으켰던 것이다.

"오토바이가 고장나서 나를 내려놓는 곳마다 내 눈앞에 펼쳐지는 광경을 촬영하는 것이 내 계획의 일환이었죠." 그녀가 설명했다. "그러곤 제목을 '고장'이라고 붙일 생각이었을 겁니다. 이런 바보 같은 짓, 아시죠."

"그게 나의 성세바스티아누스와 무슨 관계죠?"

"곧 알게 되실 거예요."

어느 날, 오토바이는 알프드오트프로방스로 향하는 해발 500미터 지점에서 발작을 일으켰다.

"나는 도롯가 경계 담장 위에 앉아 다리를 허공에 늘어뜨린 채 모터가 식기를 기다렸죠. 그때 내가 있는 곳에서 아래쪽으로 100미터가량 떨어진 거대한 공사 현장에서 트럭 두 대가 서로를 향해 달려가는 게 보였어요. 트럭들은 모터 굉음을 내며 서로에게 달려들었고, 산기슭과 공사 장비에 걸터

앉은 인부들은 투우장에서처럼 소리를 지르며 그 결투를 부추겼죠. 사이드미러들이 부서져나갔고, 매번 두 트럭이 마주 지나갈 때마다 판금 조각들이 사방으로 튀었지만 트럭들은 최후의 순간에 서로를 피했죠. '올레!' 하고 인부들은 외쳤어요. 운전자들은 길 끝에서 차를 돌려 낭떠러지를 아슬아슬하게 피하고는 상대 트럭과 다시 마주했고, 기어를 넣고는 모터 굉음을 내다가 갑자기 클러치에서 발을 뗐었고, 그렇게 상대를 향해 다시 달려갔죠."

프랑수아즈는 당연히 카메라를 꺼냈다. 스필버그 이전의 스필버그처럼.

"근데 성세바스티아누스는?" 내가 물었다.

"기다려봐요."

63

 그것은 거대한 수력발전용 댐을 건설중인 생크루아뒤베르동의 공사 현장이었다. 어마어마하게 큰 댐 아래 자리한 드넓은 골짜기를 수몰시키는 사업이었다. 그 시절 엄청난 논쟁거리였다. 골짜기의 모든 마을을 수몰시킬 참인가? 사람들의 동요는 거의 봉기 수준이었다. 결국 한 마을만 희생되었다. 레살쉬르베르동. 이 마을은 댐의 물을 방류하기 전 100미터 위쪽에 새로 형성되었다.
 "내 졸업작품의 주제를 찾은 거였죠."
 프랑수아즈는 마을의 수몰 과정을 촬영할 생각이었다(실제로 그들은 집들을 다이너마이트로 폭파하고 수문을 열기 전에 묘지부터 이장했다). 그녀는 언덕 위쪽으로 이주하는 마을 주민들의 모습을 좇아갈 것이다. 주민들을 인터뷰하고,

그들의 시선을 촬영하고, 저녁에 그들의 시선이 호수 위에 내려앉으면, 잠긴 과거 위로 그들의 늙은 영혼을 포착할 생각이었다.

또한 위쪽 마을을 건설하러 온 인부들의 일상도 촬영할 계획이었다. 그들은 알제리, 포르투갈 국적의 여자 없는 남자들로, 트럭 결투로 무료함을 달랬다―폐차 직전의 낡은 화물트럭 두 대는 운전자들의 놀이 충동에 내맡겨져 있었다. 프랑수아즈는 또한 인부들의 성적 만족을 위해 니스와 칸, 툴롱, 심지어 마르세유에서 올라온 여자들도 인터뷰할 계획이었다.

"그 여자들은 저마다 트레일러를 여기저기 세워놓았고 때로는 차체가 골함석으로 된 시트로엥사의 승합자를 타고 왔는데, 꼭 경찰 닭장차 같았죠, 기억나시죠? 사정이 가장 딱한 여자들은 텐트를 치고 일했고요."

당시 프랑수아즈는 열여덟 살이었다. 그 사람들의 운명에 그녀는 마음이 사로잡혔다. 응용미술학교 교장은 그녀에게 축복의 말을 해주고 촬영에 필요한 필름을 전부 제공해주었다. 그리고 그녀의 촬영본을 텔레비전 방송국에 팔아주겠다고 제안하기까지 했다.

"내 성세바스티아누스는요?"

"곧 나와요."

64

프랑수아즈는 나이든 사람들 대부분이 자신들의 옛집을 아쉬워하지 않는다는 사실에 무척 놀랐다.

"그들은 욕실과 설비를 갖춘 부엌을 보고 오히려 좋아했죠."

향수 때문에 창유리가 부옇게 흐려지는 일은 없었다.

프랑수아즈는 또한 텔레비전 방송국은 매춘부와 이주 노동자들의 이야기를 좋아하지 않는다는 사실도 알게 되었다. 그리고 성장과 발전의 이점에 대해 사람들이 떠올리는 이미지에 어긋나는 영상물을 누구에게라도 팔 수 있을 만큼 응용미술학교 교장의 발이 넓지 않다는 사실도 알게 되었다.

"내 열여덟 살이 그렇게 끝났죠."

"그런데 성세바스티아누스는?"

"이제 나와요."

65

그녀는 그람시가 사망하고 일주일 뒤인 1937년 5월에 이민 온, 사르데냐 출신인 이 마을의 목수와 친구가 되었다. 그의 이름은 가비노 세키였다. 그는 오리스타노에서 온 늙은 공산주의자로, 독실한 가톨릭 신자인 아내 페피나를 잃은 홀아비였다. 세키 노인도 자기 집을 아쉬워하지 않았다. 그가 아쉬워하는 건 석양 무렵에 아내 페피나와 함께 앉아 있던 작은 돌벤치뿐이었다.

"여기로 그걸 옮겨올 생각을 못했어요."

프랑수아즈는 그에게 그 망각을 바로잡자고 제안했다. 그녀는 권양기에 연결된 밧줄을 가지고서 잠수했고, 그 홀아비 목수는 다시금 일몰을 즐길 수 있었다.

그렇게 잠수하는 동안 그녀는 폭파되다 만 세키 부부 집의 잔해를 둘러보았다. 벽이 무너져내려 안이 훤히 보이는 부부의 침실 벽난로 위에 작은 성세바스티아누스가 자리하고 있었다.

"자, 이제 당신의 성자 조각상 이야기예요. 그리고 당신 할머니의 벽난로 이야기도요."

반들반들한 화강암 받침 위 회양목으로 된 조각상은 거대한 후광을 두르고 있었다.

"그 성물聖物은 아내의 것이에요." 가비노 세키는 그 고문당하는 성자 조각상을 회수하기를 거부하며 투덜거렸다.

그러나 프랑수아즈는 사르데냐 노인의 목소리에서, 성당에 가서 영성체를 하는 아내를 기다리며 카페에서 툴툴거리는 남부 지방 남자의 한결같은 투덜거림이 아닌 다른 무언가를 느꼈다.

"뭔가가 더 있었지요." 그녀가 내게 말했다.

그녀는 가비노를 잘 구워삶아서 결국 그 성자상에 관한 진짜 이야기를 알아냈다. 가비노는 지는 해를 바라보며 벤치에 앉아 느릿느릿 그녀에게 그 이야기를 들려주었다.

그것은 그와 그의 아내 사이의 게임이었다. 가비노가 성자상을 치워버릴 때마다 페피나는 성자상의 후광을 크게 만들었다. 회양목 가지를 꺾거나 마른 히스 뿌리를 다듬어서 원

형으로 만들어 성자상에 덧대는 식이었다. 무궁한 인내심으로 닦여 반들반들해지고, 썩지 않는 나무로 계속 덧대어진 성자상의 후광은 부부의 말다툼 수만큼 그들 사랑의 나이를 보여주었다. 마치 아이들이 베인 나무 단면을 보고 헤아린 나이테가 그 나무의 나이를 말해주듯이.

"맞아요." 가비노가 인정했다. "우리가 만났을 때만 해도 저 성자에는 후광이 없었으니까요."

66

"끝이 어떻게 되었는지 알고 싶어요?" 프랑수아즈가 내게 물었다. "그 성자가 당신의 삶에 어떻게 들어왔는지 정말 알고 싶어요?"

"비밀이 아니라면 알고 싶죠……"

"그러면 그 시절에 당신이 어디 있었고, 뭘 했는지 말해봐요."

"나는 노르에서 선생으로 일했죠."

"더 말해봐요."

"대체 무슨 상관이 있다고."

"어쨌든 얘기해봐요."

VIII
몽상가의 법칙

그러면 삶의 한가운데에서
꿈은 제 광대한 영화를 펼친다.

—

페르난두 페소아, 『불안의 책』

67

 같은 1970년대에 나는 노르에서 예전에 수녀원이었다가 중학교로 바뀐 기숙학교의 선생으로 지냈다. 내가 침실로 사용하던 좁은 독방 위층에서 중급반 아이들이 잤다(이때는 학생들을 초급반, 중급반, 상급반으로 구분했다). 그들의 기숙사는 꿈 제작소였다.

 프랑스 방방곡곡에서 온 나의 몽상가들은 학교 기관이 소위 '정비된' 학급을 구성하도록 이곳으로 보내온 '망가진' 청소년들이었다. 일부는 글을 쓰지 않았다. 글을 쓸 줄 알면서도 극구 거부했다. 그들은 장애물 앞에 멈춰 서는 말들처럼 글쓰기 앞에서 나아가길 회피했다. 똑같이 겁에 질려 있었다. 나는 그 아이들에게(그리고 모든 아이에게) 자기 꿈을 모으는 법을 일러주었다. 꿈에 대해 제대로 쓰라는 게 아니라 그저 꿈을 모아보라고 했다. 오직 자신을 위해 적어두라는 것. 그 꿈 채집이 그들이 아침에 일어나서 가장 먼저 하는 일이 되었다. 침대 밑에 작은 공책을 두었다가 일어나 바로 적기. 왜냐고? 부수적으로는, 우회로를 통해 아이들을 글쓰기로 이끌기 위해서였다. 그리고 무엇보다 밤의 아이가 아침의 아이에게 전해주는 것을 모아둘 수 있게 하기 위해서였다. (이 학교는 남학교였다. 그 시절 세상은 아직 남녀공학이 아니었다.)

"선생님, 저는 꿈이 전혀 기억나지 않아요."

"네가 그렇게 생각하는 거야."

처음에 아이들의 수집 결과물은 몇 마디에 불과했다. 거의 아무것도 못 적거나, 하나의 이미지, 하나의 느낌에 그쳤다. 그러다가 이야기의 배아가 생겨났다. 다음날에는 또다른 배아가. 아이들이 상상력으로 낚아챈 이야기들이 차츰차츰 생겨났다. 구두점도 없고, 철자도, 문법도 틀린 이야기였지만, 이야기는 매일 아침 점점 더 팽창했다. 아이들은 오직 자신을 위해 꿈을 적으면서 글을 쓴다는 느낌을 받지 않았다. 밤의 이미지들은 그들 공책 위에서 저절로 잉크로 쓰인 기호로 탈바꿈한 것뿐이었다. 결국 그들의 이야기는 담쟁이덩굴이나 등나무처럼 집어삼킬 듯이 풍성하게 뻗어나갔다.

상상력은 꿈에 충실해야 할 아무런 이유가 없기 때문이다. 꿈이 우리에게 의견이라도 묻나?

68

 나는 내 몽상가들의 공책을 절대로 읽지 않았다. 아이들은 엉망인 자기 글을 너무도 부끄러워했다. 그 글은 마치 망가져서 더는 아무에게도 보이고 싶지 않은 전쟁 후의 얼굴들 같았다. 받아쓰기에 매겨진 나쁜 점수와 굴욕적인 지적("마이너스 28점, 아무개야, 너는 패자가 이기는 게임이라도 하니?")이 전에 아이들을 주눅들게 했다. 그래서 글쓰기를 그만두게 되었던 것이다. 나는 아이들의 글을 절대로 읽지 않았지만, 아이들에게 내용을 소리 내 불러달라고 청했고, 내가 그 이야기들을 칠판에 받아 적었다. 아이들은 자기 이야기가 맞춤법이나 문법의 오류 없이, 정확한 구두법으로 반듯하게 주름 잡힌 말끔한 옷을 입고 나타나는 걸 보았다. 그러고 나서 우리는 함께 한 걸음 한 걸음, 그들의 너덜너덜한 글이 보여줄 만한 글로 이르는 길을 나아갔다. 성형술을 펼치듯, 윤곽을 세심하게 바로잡아나갔다.

69

아이들을 글쓰기로 이끌어오고 나서, 나는 같은 학생들에게 학업 현실에 타협해야 할 때는 꿈이라는 해결책을 절대 쓰지 말라고 일렀다. 이 얘기를 해봐…… 저걸 기억해봐…… 상상해봐…… 이 이야기를 어떻게 끝낼 거지?

"꿈이라는 문으로 달아나는 건 안 돼! 내가 큰 몽둥이를 들고 너희 뒤에 서 있을 거다!"

"선생님 너무해요."

70

 나는 밤마다 이 년 전 나를 떠난 젊은 여자를 향해 파리의 지하철 안에서 달렸다. 나는 그녀도 나를 향해 달려오는 걸 보고 믿을 수가 없었다. 그녀는 아직 나를 사랑하고 있었다! 나는 그녀를 멀리서 보았다. 그리고 그녀를 알아보았다. 그녀를 향해 달려갔다. 그녀도 나를 알아보았고, 우리는 두 팔을 벌리고 서로를 향해 달렸다. 그러나 우리가 끌어안으려는 순간 그녀는 나를 관통해서 지나갔다. 마치 내 몸이 경도硬度를 완전히 잃은 것처럼, 마치 내가 유령이라도 된 것처럼. 그녀는 나를 관통해서 출발하는 지하철 안으로 뛰어들었고, 나의 가족과 함께 사라졌다.
 나는 수도사의 독방 같은 방에서 반쯤 죽은 사람처럼 잠에서 깼다.

그것은 내가 그녀와 헤어진 뒤로 거듭 꾸는 꿈 중 하나였다.

다른 꿈도 그 꿈과 흡사했다. 다른 꿈에서도 우리는 서로를 향해 달려갔는데, 이번에는 니스 마세나고등학교의 천장 높은 회랑 아래였고, 그곳은 우리가 첫 키스를 나눈 곳이었다. 지하철 안이 아니어서 나는 기분이 좋았다. 이번에는 살과 뼈로 된 사람으로서, 나의 경도에 대한 확신을 품고서, 내 사랑의 무게를 느끼며, 걸음을 내디딜 때마다 발밑에 진동을 느끼며 그녀를 향해 회랑 아래를 달렸다. 그녀는 나를 관통할 수 없을 것이다. 그녀는 그럴 의향이 없었다. 나를 향해 활짝 웃으며 달려오고 있었고, 그녀의 맨발이 타일 위에서 흥겨운 소리를 냈다. 우리는 곧 만날 터였다! 우리가 재회하기까지 두 걸음밖에 남지 않았다. 그때, 문 하나가 열리더니 시험지를 잔뜩 껴안은 한 늙은 감독관이 교실에서 나왔는데, 나와 너무 가까워서 그를 피할 수가 없었다. 나는 온 체중을 실어 그와 부딪쳤고, 그는 난간 너머로 쓰러졌다. 나는 그가 허공으로 빙빙 돌며 떨어지는 걸 보았다. 시험지들이 그의 주변에서 펄럭였다. 나는 살인자의 몸으로 깨어났다.

71

소설적으로 말해 이 악몽에서 끌어낼 건 아무것도 없었다. 닫힌 꿈이었다. 이런 꿈들은 어떤 이야기로도 열리지 않았다. 나는 그 꿈들에 대해 아무에게도 이야기하지 않았고, 정신분석학자에게 팔 생각도 없었다. 꿈을 꿀 때마다 그저 적어놓기만 했다. 여기서 이 꿈 이야기를 처음 털어놓는다. 적어도 이 꿈들은 내게 꿈 채집을 통해 학생들과 글쓰기를 화해시킬 아이디어를 주었다. 나의 망가진 아이들은 이렇게 글을 쓰지 않는 글쓰기 방식을 아주 좋아했다. 꿈의 일기를 오늘날까지 계속 쓰는 아이들도 있다(반세기가 지났고, 아이들은 어엿한 사회 구성원이 되었으며, 흠잡을 데 없이 완벽한 철자법을 구사할 수 있는데도).

72

때때로 나는 중학교의 아이들 틈에서 벗어날 필요를 느꼈다. 그런 날 저녁이면 구내식당이 아니라, 도심에서, 영업사원들이 주로 가는 호텔에서 저녁을 먹었다. 고독을 맛보기에 그보다 나은 곳이 없었다. 몇몇 사람이 서로 멀찍이 떨어진 식탁에서 묵묵히 밥을 먹고 있었다. 그들은 버베나 차나 페르네트브랑카를 마시며 카탈로그를 들여다보다가 자러 방으로 올라갔다. 나는 학생들의 과제물을 채점했다. 호텔 종업원들(학생의 부모들)은 식당 문을 닫을 때까지 내가 일할 수 있게 가만히 내버려두었다. 시간이 되면 그들은 소리를 죽여두었던 텔레비전 음량을 높였고, 우리는 야간 뉴스를 보며 칼바도스를 한 잔 마셨다. 이것이 우리의 의식이었다.

73

 "애쓸 것 없어요." 프랑수아즈가 말했다. "텔레비전 뉴스를 보며 칼바도스를 홀짝이던 어느 저녁나절에 당신은 분명 저의 성세바스티아누스 영상을 보았을 거예요. 제가 찍은 영상 가운데 방송사에서 방영하고 싶어한 유일한 시퀀스였어요. 수몰된 어느 성자의 삶을 십칠 초 보여주면서 홍수가 난 골짜기에 대해 내레이션으로 전했죠. 가비노는 페피나를 생각해서 내게 성자상을 제자리에 다시 갖다놓아달라고 부탁했고, 나는 그걸 갖다놓고서 촬영을 했죠. 당신이 꿈속에서 본 그대로 사람들은 그 성자를 보았어요. 물속 침실 벽난로 위에 올려져 있고, 거대한 후광을 두른 모습을요. 그 성자는 아직 그대로 있을 겁니다. 물론 후광이 전기로 된 건 아니었지만 영상 끝부분에서 한줄기 햇살이 후광을 조금 반짝이게

했죠. 그러니 꿈을 적은 당신의 일기를 찾아보세요. 그 르포르타주는 1월 20일에 방영됐어요. 정확히 성세바스티아누스 축일이죠. (그리고 펠리니의 탄생일이기도 하고요.) 당신은 그날 밤에 그 꿈을 꾸었을 겁니다.

74

 내가 그 르포르타주를 본 것일 수도 있지만, 그걸 본 기억은 조금도 남아 있지 않다. 나의 꿈 일기장에 따르면 나는 그 방영일 밤에 성세바스티아누스 꿈을 꾸지 않았다. 1월 20일 그날 밤 나는 영업사원들이 자주 가는 레스토랑에서 나와 비에 젖어 돌아왔고, 홍수처럼 쏟아지는 비가 계속 내 방 창문을 두드리는 가운데 다른 꿈에 빠져들었다. 그 꿈 역시 반복되는 꿈이었지만, 처음으로 그 꿈을 기분좋게 받아들였다. 그 꿈에서는 나의 여자친구가 등장하지 않았기 때문이다. 그녀는 거기 없었다. 나는 치유되었다고 생각했다. 마침내 나 자신이 되었어. 그러곤 깊은 안도감을 느꼈다.
 꿈속에서 나는 작은 서재에 안전하게 있었고, 기분좋은 소리를 내며 벽난로 장작불이 타고 있었다. 나는 안락의자에

웅크린 채 기분좋은 독서를 할 생각에 흥얼거리며 눈으로 주변의 선반들을 둘러보았다. 거기서 나는 피에르 장 주브의 소설 『폴리나 1880』을 찾고 있었다. 내가 좋아하는 제목들이 시가행진을 벌이듯 눈앞에 지나갔다. 요컨대, 달콤한 꿈이었다. 그러나 그 꿈은 악몽으로 변했다. 갑자기 서재가 부르르 떨리기 시작했고, 책표지도 함께 떨렸다. 마치 등에 쏘인 말의 피부처럼. 이윽고 책들이 무언가에 빨려들어가는 소리를 내며 하나씩 도약하더니 잉크가 사라지기 시작했다. 책들은 텅 비어갔다. 책에서 잉크가 흘러내려 액체 대리석 판을 이루며 선반들을 뒤덮었고, 그 대리석에 방 불빛이 비쳐 일렁였다. 잉크 웅덩이가 점점 더 커지더니 선반 모서리에 이르러 부르르 떨렸다. 곧 넘치겠어, 나는 생각했다. *피할 길이 없어.* 나는 이탤릭체가 참사가 임박했음을 강조한다고 생각했다. 그 글자들은 곧 내 주변에서 잉크가 책장에서 흘러 내 서재를 가득 채우고, 결국 나를 덮치리라고 알렸다. 잉크 방울들이 바닥에 떨어지면서 둔탁한 소리가 났다. 웅덩이가 생기더니 동심원을 그리는 잔물결을 일으키며 내 안락의자 쪽으로 점점 퍼졌다. 나는 신발을 안 적시려고 발을 들고 팔걸이와 등받이 사이에 몸을 웅크렸다. 이번에는 빛의 홍수 때처럼 징검다리를 건너듯이 빠져나가지 못할 것 같은데, 하고 생각했다…… 아냐, 이번에는 진짜야.

감사의 말

가맹, 민, 알리스, 포숑, 야스미나, 뱅상, 바부앵, 지안루카, 프랑수아즈에게, 요컨대, 나의 글을 가장 먼저 읽는 나의 단골 독자들에게 감사의 말을 전한다……

옮긴이 백선희

덕성여자대학교 불어불문학과를 졸업하고 프랑스 그르노블 제3대학에서 문학 석사와 박사 과정을 마쳤다. 로맹 가리의 『노르망디의 연』 『레이디 L』 『흰 개』 『마법사들』 『내 삶의 의미』 『밤은 고요하리라』 『하늘의 뿌리』, 밀란 쿤데라의 『자크와 그의 주인』 『웃음과 망각의 책』, 파스칼 키냐르의 『사랑 바다』 『파스칼 키냐르의 수사학』, 실뱅 테송의 『노숙 인생』 『랭보와 함께하는 여름』 『호메로스와 함께하는 여름』, 이스마일 카다레의 『카페 로스탕에서 아침을』 『떠나지 못하는 여자』 『잘못된 만찬』, 그 밖에 『이반과 이바나의 경이롭고 슬픈 운명』 『목마른 여자들』 『책의 맛』 『폴 발레리의 문장들』 『이제 당신의 손을 보여줘요』 『파졸리니의 길』 『울지 않기』 등을 우리말로 옮겼다.

문학동네 세계문학

몽상가의 법칙

초판인쇄 2025년 11월 27일
초판발행 2025년 12월 15일

지은이 다니엘 페낙 | **옮긴이** 백선희

책임편집 김미혜 | **편집** 김혜정
디자인 이현정 | **저작권** 박지영 형소진 주은수 오서영 조경은
마케팅 정민호 서지화 한민아 이민경 왕지경 정유진 한경화 정경주 김혜원 김예진 이서진
브랜딩 함유지 박민재 이송이 박다솔 조다현 김하연 이준희
제작 강신은 김동욱 이순호 | **제작처** 천광인쇄사(인쇄) 경일제책사(제본)

펴낸곳 (주)문학동네 | **펴낸이** 김소영
출판등록 1993년 10월 22일 제2003-000045호
주소 10881 경기도 파주시 회동길 210
전자우편 editor@munhak.com | **대표전화** 031) 955-8888 | **팩스** 031) 955-8855
문학동네카페 http://cafe.naver.com/mhdn
인스타그램 @munhakdongne | **트위터** @munhakdongne
북클럽문학동네 http://bookclubmunhak.com
ISBN 979-11-416-1458-4 03860

- 잘못된 책은 구입하신 서점에서 교환해드립니다.
  기타 교환 문의 : 031-955-2661, 3580

www.munhak.com

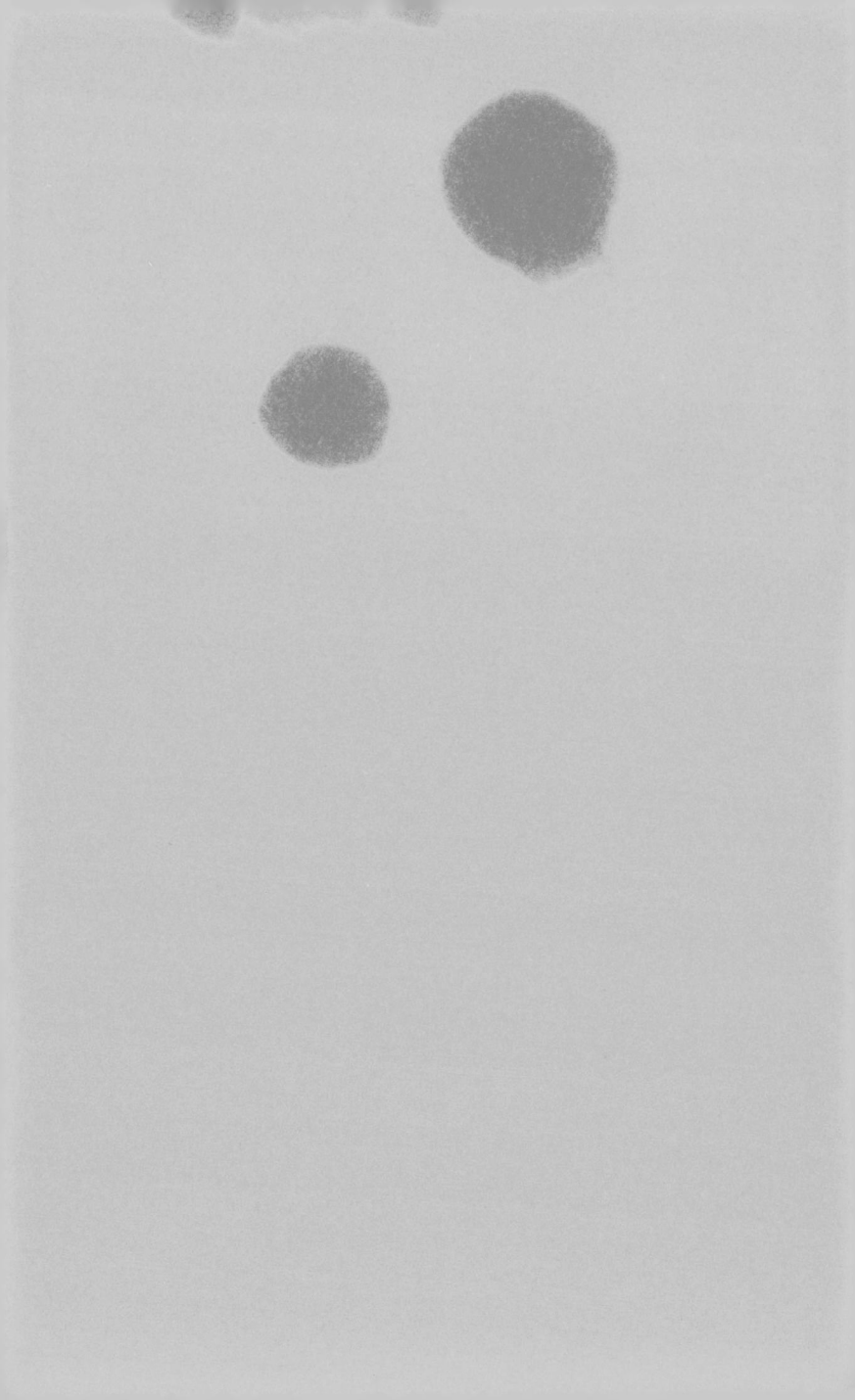